放逐された転生貴族は、自由にやらせてもらいます 2

Nagao Takao

[著]長尾隆生　[ill.]ヨヨギ

グラッサ
ニッカの親友で、
彼女を冒険者に
誘った少女。
とても珍しい
複製魔法《デュプリケイト》を使える。
トーア
日本で暮らしていた記憶を
持つ転生者。
実家の貴族家を
放逐されたものの、
辺境の砦で鍛え上げた力で
冒険者になる。
ニッカ
王都でトーアと
出会った冒険者。
再生魔法《リザレクション》という珍しい
魔法の使い手で、
トーアと行動を
共にすることに。

登場人物紹介

ヴェッツオ
獣の森でトーアたちと
遭遇した
獣人の男性。
仲間思いで義理堅い。

チェキ
ニッカとグラッサが
ロッホの街で
出会った少年。
突如行方を
くらませるが……

ルチマダ
次期国王候補と
言われている、
ドワーフ王国の
議員の一人。

◆序章◆

俺、山崎翔亜《やまざきとあ》はある日、プレアソール王国という国の貴族家の次男、トーア・カシートとして、異世界に転生した。

貴族の子息ならば悠々自適《ゆうゆうじてき》な生活が送れると思ったのだが——優秀な兄と比べ、剣も魔法も劣る落ちこぼれだと八歳という幼い年齢にもかかわらず、とある辺境の砦《とりで》に、修業の名目で送られることになる。隣接する森から絶えず魔物が押し寄せる危険な環境に置かれた俺は、猛者《もさ》たちに鍛《きた》えられながら、死に物狂いで何とか生き残る日々を過ごしていた。

そして十年後、十八歳になった俺は父の死をきっかけに王都に呼び戻されるが、当主を継いだ兄、グラースから、勘当《かんどう》を言い渡されてしまう。

貴族の身分を捨て冒険者になった俺は、同じく冒険者になったばかりのニッカとグラッサという少女たちと知り合い、行動を共にすることになる。

そんな最中、ラックラという悪徳商人が、グラッサを誘拐《ゆうかい》しようとする事件に巻き込まれてしまう。

その事件の最中、俺はニッカとグラッサそれぞれが特殊な力の持ち主であることを知る。

ラックラの目的はその特殊な力だったのだ。

その後、兄グラースの力を借りつつ事件を解決した俺たちだったが……その騒動のせいでいつまた彼女たちの力を我が物にしようと企《たくら》む輩《やから》に襲われるかもしれないと、俺、ニッカ、グラッサの三人は、王都を脱出して俺が育った辺境砦へと向かうことにした。

そして王都を出ていくつかの馬車を乗り継ぎ、追っ手の心配もなくなった頃。

俺はやっと気兼ねない話が出来るようになっていた。


「――星の創世神話か」

辺境砦に向かう馬車の中で俺は、ニッカが大事そうに胸に抱いている、ボロボロになった本を見ながら呟《つぶや》く。

「はい。私、この本が大好きで昔から何度も読み返しているんです」

「あ、やっぱりトーアも気になってたんだ。ニッカっていっつもその本を持ち歩いてるんだよね。こんなときでも読んでるんだもん」

ニッカは嬉《うれ》しそうに頷《うなず》き、グラッサが苦笑しながらそう言う。

「トーアさんも読んだことありますよね？」

「小さい頃に読んだはずだけど、もうずいぶん昔だから内容はうろ覚えだな」

「だったら今から私が教えてあげますから聞いてくださいね」

ニッカはそう言って、本の内容を熱く語り出す。
それはこんな内容だった――

遥《はる》か遠い昔、命なきこの世界に、揺《ゆ》り籠《かご》と共に女神《めがみ》が舞い降りた。

女神は、まず世界に命が芽吹くように作り替えた。

そして十人の子を産み、その子らに世界に命を生み出すようにと願いを伝えると、自らは永い眠りについた。

後に十神《とがみ》と呼ばれることになる彼らは、女神より与えられた英知と揺り籠に眠っていた命の種を使い、様々な命を芽吹かせるため、世界中に旅立った。

それから幾星霜《いくせいそう》。

永い時を経て、世界は人や獣、魚や昆虫、そして植物と様々な命が溢《あふ》れる地となった。

やがて眠りから目覚めた女神は、十神が自らの願い通り世界を命で満たしたと聞いて歓喜したが……その喜びは長くは続かなかった。

女神は自らが思い描き願った世界に、数多くの異物が存在していることを知ったのである。

そして女神は嘆《なげ》き悲しみ……そして激怒した。

十神は女神がなぜ怒っているのかわからず戸惑った。

自分たちは女神の――母の望んだように世界に命を芽吹かせたはずである。

女神が『異物』と呼ぶ命も、彼らからすれば等しく愛おしい命なのに、なぜ女神はそれを拒《こば》もうとするのか。

十神たちは女神の怒りを収めようと、多様な命溢れる星の素晴らしさを説いた。

しかし女神はその異物たちを決して認めようとしない。

それどころか、遂《つい》にはこの世界を自らが望む姿にするため全てをやり直すと決定した。

それは、星に生まれた全ての命を無に帰すということに等しい選択だった。

十神は自らの生みの親である女神には逆らえない。

彼女の命令は絶対であり、つまり自らの手で、自らが生み出した命を消さねばならないということである。

幸いなことに、まだ女神から最終的な命令は彼らに下されていなかった。

世界を作り直す準備のため、揺り籠へ戻った女神を見送った彼らは考えた。

動くなら今しかない。

十神たちは女神を止めるためにはどうすれば良いか話し合った。

自らの子も同然の命たちを守るにはどうすれば良いのか。

結論はすぐに出た。

女神をもう一度眠りにつかせるしかない、と。

女神を眠らせる方法はわかっている。

なぜならかつて女神が眠りに入るとき、その手伝いをしたのが十神たちだったからだ。

世界中の命を守るため動き出した十神たちは、女神が休息する隙《すき》を突いて彼女を永い眠りにつかせることに成功する。

そして今も十神は眠り続ける女神を見守り続けているという――


日頃はおとなしく控《ひか》えめな彼女にしては珍《めずら》しく身振り手振りを交えて語られたのは、この世界の創世神話だった。

俺も幼い頃に、この世界のことを知るために本で読んだことがある。

ただ、カシート家に置かれていた本は内容が少し変わっていて、目覚めた女神によってこの世界は今も見守られている、という優しい話で終わっていたはずだ。

しかしニッカの語り聞かせてくれた創世神話では違った。

目覚めた女神は見守るどころか、世界を滅ぼそうとすらしたという。創生神どころか邪神……いや、破壊神ではないか。

それにしても神様ってやつは、前世の世界でも今世でも、なぜこんなに自分たちが作った人や世界を滅ぼしたがるのだろう。たとえ全知全能の神であっても、失敗する未来を見抜けないものなのだろうか。

いいや、もしかすると人という存在は、全知全能のはずの神すらも予測出来ないほどの生き物なのかもしれない。

だからこそ神々は、人を——世界を滅ぼし、作り直そうとするのだろうか。

そんなことを考えながら、俺は子供の頃読んだ創生神話と彼女が語った物語の違いを、ニッカに話して聞かせた。

「——それは女神教が作った嘘《うそ》のお話です」

すると予想外に強い語気で、ニッカがそう言った。

「女神教？」

「はい。あの人たちの教義では、この世界を滅ぼそうとしたのは女神様ではなく十神様たちなどとされているらしいんです」

女神教という名称は記憶にはないが、ニッカが語った教義には聞き覚えがあった。

なぜなら俺は辺境砦で、女神を解放しろと叫ぶ奴らと何度も戦ったことがあったからである。

彼らが女神教なのかはわからないが、もしそうだとすれば、なぜ彼らは砦を破壊しようとするのだろうか。あの砦の先には、凶悪な魔物が蠢《うごめ》く魔の森しかないというのに。

「トーアさん？」

「ん？」

「もしかしてトーアさん……女神教を信じているんですか？」

不安そうなニッカの問いかけに、俺は大きく首を横に振る。

「まさか。ただ俺の家に置いてあった本の話をしただけだぞ。あの本は別に大切そうにされたわけでもないし、カシート家が女神教とやらを信じていた様子もなかったしな」

「そうですか。よかった……でも、だったらこっちが本当の創世神話なのは信じてくれますよね」

力強く本を抱きしめて告げるニッカに俺は、「それじゃあいつか女神様が目覚めたら、この世界は滅ぶってことか」と苦笑を浮かべる。

「そうならないように今も十神様たちは女神様が眠る『揺り籠』を見守り続けてくれてるんです。それをあの人たちは……」

ニッカは本を強く抱きしめ、彼女にしては珍しく嫌悪感《けんおかん》の籠《こ》もった声でそう呟いた。

この話はこれ以上長く続けてはいけない気がする。

俺は何気ない風を装いながら話を変えることにした。

「それはそれとして、本当に良かったのか？」

俺は正面に座るニッカとグラッサの顔を交互に見ながら尋ねる。

「何が？」

「どういう意味です？」

首を傾《かし》げるグラッサと、何のことかわからないといった表情のニッカに、俺は言葉足らずだったことを反省して言い直す。

「本当に辺境砦に向かって良かったのかってことさ」

提案しておいて今更だが、今も辺境砦では、魔物だけでなく様々な妨害工作をしかけてくる奴らとの戦いは続いている。

世間的には辺境砦に向かうことは死にに行くようなものだと認識されている……まぁ、実際には堅牢《けんろう》な造りで、戦闘に参加せず身を守るだけなら安全なのだが、普通の人はそんなことは知らない。

そんな場所に、特殊な力を持っているといってもまだまだ駆け出し冒険者である女の子二人を連れていくという判断は正しかったのか。俺は王都を出てからずっと、心の端にそれが引っかかっていたのである。

もし俺に気を遣ってくれたのだとしたら申し訳ない。

「そんなこと心配してたの？」

だがグラッサから返ってきたのは、呆《あき》れたようなそんな言葉だった。

「私たちが嫌々付いてきたように見えますか？」

一方、ニッカは僅《わず》かに眉《まゆ》を寄せて不満そうに口を尖《とが》らせながら、俺の目をまっすぐ見返してきた。

たしかに王都を出てから、彼女たちは一度たりとも不安そうなそぶりを見せたことはない。

むしろどちらかと言えば、辺境砦のことを興味津々《きょうみしんしん》に尋ねてくるほどだった。

俺はそれを不安を誤魔化《ごまか》すためだと勘違いしていたが、そうではなかったらしい。

「そうか……それなら良かった」

俺は胸の奥につっかえていたものがストンと落ちた気持ちで、背中を馬車の壁に預けた。

「でもちょっとだけ不満もあるんです」

「え？」

ニッカの言葉に、俺は首を傾げる。

「今まで三台くらい馬車を乗り継いできたけど、どれもこれも人が乗るような馬車じゃないからお尻《しり》が痛くって」

「あー、わかるぅ。揺れる度に振動がお尻にくるんだよねぇ」

そう言って自分たちのお尻をさする二人から、俺は慌てて視線をそらす。

たしかに俺たちは、自分たちの足跡《そくせき》をなるべく残さないように、普通の乗合馬車は避けて、個人商の馬車に乗っていた。護衛を引き受けることで、同乗させてもらっているのだ。

そして大抵の個人商人の馬車は、荷物を載《の》せるためのもので人を乗せるようにはなっていないため、乗り心地がいいとは言えなかった。

「そういえばトーアさんは痛そうにしてませんよね？」

「俺は慣れてるから」

俺は辺境砦にいた頃、物資の搬送《はんそう》のため、今乗っているのと同じような荷馬車で砦と近くの街を何度も往復するという経験を積んでいた。

そのおかげで、この程度の振動であれば全然苦にならなくなっていた。

「いや、ごめん。気が回らなかったな」

「トーアってそういうとこあるよね」

「そういうところって、どういうところだよ」

俺の言葉に、グラッサはニヤリと笑う。

「朴念仁《ぼくねんじん》ってことよ」

「朴念……いや、そこまでか？」

「そういえば私、トーアさんが笑っているところを見たことがないです」

「そ、そうか？　俺としては結構笑っている気がするけど」

ニッカに言われて、最近いつ笑ったか思い出そうとする。

「悪巧《わるだく》みのときにニヤニヤはしてるけどね」

「うっ」

たしかに思い起こせば、敵対してきた連中を懲《こ》らしめたときくらいしか笑ってなかった気がする。

いや、それを笑っていたことに含《ふく》めて良いのだろうか。

「……善処するよ」

俺は二人に向かってそう告げると、両手の指を口の両端に当てて、無理矢理笑顔を作って見せた。

「あははっ、何それ」

「ふふっ。それじゃあダメですよ」

そう言って俺の顔を見ながら笑う二人。

「やっぱりこれじゃだめか」

その笑顔を見ているうちに、俺も自然に笑顔になっていたらしい。グラッサが声を上げる。

「あっ、今の顔。それよ、それ」

「初めてトーアさんの笑顔を見た気がします」

ガタゴト揺れる馬車の中。

大量の荷物に囲まれながら、俺たちは順調に目的地である辺境砦に向かっていく。

追っ手に見つからないことばかり気をつけてきたが、もう少し二人のことも気にかけないとな。

俺はそう自省しながら、次の街に着いたらお尻に優しいクッションか何かを買ってあげようと心のメモに書き込んだのだった。


「――まさかこんなところで足止めを食らうなんてね」

王都を出ていくつかの馬車を乗り継ぎ、辺境砦に向かうまでの道中で最大の街であるロッホの近くまで来た俺たちだったが――街を目の前にして、野宿を強《し》いられることになった。

というのも、俺たちが乗っていた馬車が街道に出来た溝に車輪を引っかけたせいで故障してしまったからである。

それは今日、王都を出て十日目の昼。

前方、つまり目的地であるロッホのある方向から、荷馬車の集団がやってきたのがそもそもの原因だった。

ロッホは王国北部の町や村と王都を結ぶ交易路の中心に位置する交易拠点の街だ。そのため、特に王都方面の道は大量の物資を詰んだ馬車が多く行き来している。

俺たちが乗った荷馬車もそのうちの一つで、王都とロッホを往復して商売をしているようだ。ただ、俺たちのような駆け出し冒険者に護衛を頼むくらいの弱小商人なので、それほど大きくない馬車一台と、俺たち以外は馬車には商人一人だけしか乗っていない。

旅の途中に商人とは色々話をする機会があったが、彼は現在家族をロッホに置いて、この王都ロッホ間の商売で金を稼ぎ、店を構えるための資金を貯めている最中なのだそうだ。

話が逸《そ》れてしまったが、問題はその対向車……いや、対向馬車の列を避けるために街道の脇へ馬車を寄せたあとに起こった。

商人が言うには、あの荷馬車の列は王国でも指折りの商人のもので、変に目を付けられれば商人としてやっていけなくなるほどの相手なのだそう。

だから相手が我が物顔で街道を通り抜ける間、弱小商人は脇に避けて通過を待つという暗黙の了解になっているのだという。

というわけで俺たちの馬車は路肩に寄って……体感で三十分ほど待っただろうか。

やっと馬車の列が通り過ぎ、遅れを取り戻そうと慌てて路肩から街道へ馬車を移動させようとしたところで、突然馬車が大きく揺れ、なんとも言えない嫌な音がした。

「やっちまった……」

同時に聞こえた商人の声に、俺たちは慌てて荷台から外に飛び出した。

「何かあったんですか？」

「困ったことになっちまった」

御者席から降りた商人が、何やら馬車の車輪を覗《のぞ》き込みながらそう答える。

「車輪が凹《へこ》みに嵌《は》まっちまったんだよ……そのせいで軸《じく》の方もちょいと曲がっちまったみたいでね」

どうやら草に隠れて御者である彼には見えない位置に、予想外の凹みがあったようだ。

そして運悪くそれに馬車の車輪が嵌まったせいで、先ほどの揺れが起こったという。

その結果、車輪と車軸が故障してしまったということらしい。

まったく、ついていないなと俺は内心でぼやく。

「直りますか？」

ニッカが心配そうに商人に尋ねた。

もし直らないなら助けを呼びに行く必要があるだろう。

だが当の商人はニッカの質問に軽い調子で答えた。

「ああ、これくらいの事故はよく起こるから修理道具も部品も積んである。だが、お前さんたちに手伝ってもらっても半日くらいはかかるだろうな」

彼にとってはこの程度の故障は日常茶飯事《にちじょうさはんじ》なのかもしれない。

「平日だと夜になっちゃうね」

空を見上げながらグラッサが呟く。

前世の世界と違って、この世界では街灯なんてものは街以外にはない。

つまり日が暮れれば、周囲は完全に闇《やみ》に沈んでしまう。

魔法で道を照らしながら進むことは可能だが、街道として整地されているとはいえ、障害物がたまに転がっているような道を進むのは危険だ。

それもあって、こういった場合はその場で野宿して、翌日朝日が昇ってから動き出すのが基本となっている。

「それじゃあ二人は野営の準備を頼む。俺はこっちで馬車の修理を手伝う」

俺はテキパキと、グラッサとニッカに指示を出す。

「はい。わかりました」

「あ～あ、今夜は久々に宿で眠れるって思ってたのになぁ。しゃーない」

素直に野営道具を取り出すために馬車に向かうニッカと、怠《だる》そうにその後に付いていくグラッサを見送った俺は、同じく修理道具を馬車から下ろし始めていた商人の元へ向かう。

「手伝いますよ」

「重いぞ」

「大丈夫。鍛えてますから」

そうして、いくつかの道具と予備部品を準備してから、俺と商人は馬車の修理を始めた。

魔法を使えばもっと簡単に修理は可能だが、お忍び逃避行《とうひこう》の身である以上は、あまり目立つことはしたくない。

結果的に、茜色《あかねいろ》の空が闇に沈もうとする頃に、ようやく修理を終えた俺と商人は、ニッカたちが用意してくれていた夕食にありつくことが出来た。

ニッカとグラッサ――というか主にグラッサは俺の予想に反して、かなり料理上手だとこの旅で知った。逆にニッカは下準備までは出来るものの、調理に関しては不得手なのだとか。

二人は村を出て王都までやってくる間、食事は自炊《じすい》していたという。

その間に何があったのかは聞く気はないが、自然と役割分担が決まっていったのだろう。

そんなグラッサの料理は、商人にも気に入られたようだ。

「ごちそうさま。いやぁ、君の作る料理は私の妻の料理と同じくらい美味しいよ」

「それって褒めてるんだよね？」

「もちろん。妻の料理はロッホの最高級店の飯より美味しいからね」

「褒めすぎだよ」

食後、商人とグラッサがそんな会話を交わしているときだった。

俺は周りの空気が微妙に変わったことを察した。

「何かいる」

「えっ」

俺の雰囲気が変わったことを察した三人が声を潜める。

「囲まれてる。十四……いや、二十四はいるな」

「この辺りに出る魔物で、それほどの群れだとすると……フォルドウルフでしょうか？」

商人の震え声に俺は小さく頷く。

「安心してください。フォルドウルフなら俺たちでなんとか出来ます。いけるな？」

「任せて！」

俺の言葉にグラッサが腰からショートソードを抜き放ちながら答える。

「ニッカは彼を馬車へ。危険だからなるべく外に顔を出さないように注意してくれ」

「はい。二人とも、気を付けて」

「安心しろ。誰も傷つけさせないさ」

俺はこの旅の途中で覚えた笑顔を彼女に向けて、そう口にする。

そして二人が馬車に入ったのを見届けると、横で愛用のショートソードを構え辺りを警戒しているグラッサに「やれるか？」と一応聞いてみる。

「もちろん。あたしだって戦えるってところを見せてあげるよ」

自信満々な言葉の割に、手も足も僅かに震えているが、やる気だけは伝わってくる。

彼女にしてみれば、魔物と戦うのはダンジョンでゴブリンやタウロスに襲われて以来のことだ。あれだけ酷い目にあったというのに逃げ出さないだけでも、立派なものだと思う。

本来ならグラッサも馬車へ避難させ、俺が魔物を一掃《いっそう》するのが一番安全なのは間違いない。

だがそうすると、Fランク冒険者の俺一人でフォルドウルフ二十匹を倒すことになり、事情を知らない商人に疑問を持たれかねない。

今は変に目立つのは避けたい。

こんなことなら、兄貴の力で冒険者カードを追跡不可能なようにしたときに、ランクも上げてもらえばよかったな……まぁ、後悔してももう遅いんだが。

内心で後悔をしつつ俺は気を取り直して、グラッサに語りかける。

「じゃあ一緒に戦うか。でも無茶はするなよ」

「わかってる。もう、あのときみたいな思いはしたくないしね」

グラッサはそう言って気合いを入れる。

考えようによっては、今回の夜襲は、彼女にトラウマを克服《こくふく》させるいいチャンスかもしれない。

俺がフォローすれば、グラッサの実力でも大きな怪我は負わないだろう。それで彼女が魔物に対する恐怖心を払拭《ふっしょく》出来るなら、願ったり叶《かな》ったりだ。冒険者を続けていく以上、魔物との戦いは避けられないわけだし。

「一匹も馬車に近づけるんじゃないぞ」

「もちろん！」

そう言葉を交わした直後、俺たちの準備が整うのを待っていたかのように、闇の中でじりじりと間合いを詰めてきていたフォルドウルフの動きが変わった。

「早いよっ」

一気に間合いを詰めてきたフォルドウルフにグラッサが怯《おび》えた声を上げる。

「俺たち二人だと全方向は守れないな。馬車の死角に壁を作る！」

俺の実力を商人に悟らせたくない以上、魔法の行使も最小限にしておきたい。

そのために、馬車の中から見える範囲以外に壁を作ることにした。

「土壁魔法《ブレシングアースウォール》」
・・・・・力ある言葉と共に静かに馬車の周りの土が盛り上がり、そのまま包み込むように壁が生えていく。
ニッカにも、戦闘時には商人に外を見せないよう、事前に頼んである。

今頃は商人と共に、馬車の荷台で身を隠しているに違いない。

「よし、準備完了だ」

これでフォルドウルフは、俺とグラッサを倒さなければ容易に馬車に近づくことは出来ない。

「いくぞ！　危なくなったら俺が助けてやるから安心して戦え」

「うん！　トーアがそう言うなら思い切ってやってみるよ」

グラッサは俺が戦う姿を何度か見ているからだろうか、素直に頷く。

その顔には若干の怯えが浮かんでいたが、それを上回る信頼を感じた。

俺はグラッサの体に、彼女が扱える程度の強化魔法をかけると、収納から剣と盾を取り出し身構える。

「始めるぞ！」

そんな俺の言葉に呼応するように、間合いを詰めていたフォルドウルフたちが飛びかかってきた。

「あたしだって戦えるんだからっ！」

グラッサが自分を奮い立たせるように叫び、俺の真正面から突っ込んできた一頭に向かっていく。

「馬鹿っ！　一人で突っ込むんじゃないっ！」

焦りからだろうか、グラッサが敵の群れに突っ込んでいくのを見て、俺は慌てて魔法を放つ。

「風壁魔法《ブレシングウィンドウォール》！」

グラッサの動きに反応した数頭のフォルドウルフの前に、風の壁が立ち塞がる。

数頭で一つの獲物を同時に攻撃するのが奴らの手段だが、俺の魔法に阻まれグラッサに向かうのは一頭だけに絞られた。

「うわあああっ！」

グラッサは怯えを振り払うように、向かってくるフォルドウルフめがけて雄叫《おたけ》びを上げながらショートソードを振るう。

真っ正面からの、何の捻《ひね》りもないその攻撃を避けようと四肢に力を込めたフォルドウルフだったが――

「土拘束魔法《ブレシングアースバインド》」

『ギャウンッ』

一瞬早く俺が放った魔法によって、前足が地面に縫《ぬ》い付けられ、その顔面をグラッサの刃が切り裂《さ》いた。

「やった！」

「油断するなっ、まだ相手は動いているぞ！」

攻撃が当たった手応えに喜ぶグラッサに、俺は声を上げ加速魔法《クイック》を自らにかける。

「きゃあっ」

そして剣を投げ捨てながらグラッサに近付くと、彼女の襟首《えりくび》を掴《つか》み引いて、入れ替わるようにして前に出た。

「ぐうっ」

グラッサの悲鳴と同時に、俺が構えた盾に激しい衝撃が加わり、耳障りな音を立てる。

前足を拘束され顔面を切り裂かれたフォルドウルフが、器用に体を捻り、後ろ脚で攻撃をしかけてきたのである。

「いったん退くぞっ」

俺は戦いの直前にいくつかかけておいた身体強化系魔法のおかげで、強烈な一撃を受けても吹き飛ばされることはなかった。そのまま盾でフォルドウルフの脚を弾き返すと、グラッサを連れて後ろに一旦《いったん》下がる。

「魔物の群れに一人で突っ込んでいくなんて、死にに行くようなもんだぞ」

左右から押し寄せるフォルドウルフたちを魔法で牽制《けんせい》しながら、俺はグラッサにそう注意する。

「ごめん」

「焦らなくていい。いつもの練習通り、一撃《いちげき》加えたらすぐに離れるんだ。いいな？」

俺が教えた戦い方は、以前彼女が同行していたパーティ、ウインドファングでの戦い方と同じで、彼女の素早さを生かしたヒットアンドアウェイである。

一撃で相手に与えるダメージが少ない彼女は、手数で勝負するしかない。

旅の途中に何度か繰り返した練習では、俺がタンク役になって魔物の攻撃を抑え、その間にグラッサが魔物の死角から攻撃をしかけていた。

「それじゃあまずは彼奴《きゃつ》に止《とど》めを刺すぞ」

「うん。今度は失敗しないよ」

まずは一頭。

瀕死《ひんし》のフォルドウルフに、練習通りの戦い方で止めを刺した俺たちは、わざと緩めた風壁魔法《ブレシングウィンドウォール》の隙間から飛び込んで来る魔物を、一頭ずつ着実に仕留めていく。

「……なんか、数が増えてない？」

「どうやら仲間を呼んだみたいだな。だが俺がいる限り、何十頭仲間を呼ぼうが関係ないさ」

「その言葉、信じるからねっ！　とりゃあっ!!」

「ああ、約束するっ」

三頭目のフォルドウルフに切りかかるグラッサの顔からは、戦いが始まる前の不安は消えていた。

そうして俺とグラッサの、フォルドウルフとの戦いが始まった。

といっても、いくら相手の数が多かろうと、俺の魔法の前にはものの数ではない。

最初こそ、グラッサに経験を積ませるために戦ってもらっていた。しかしグラッサの顔に疲労が見え始め、これ以上は危険だと判断したところで、俺は無詠唱魔法《むえいしょうまほう》で闇夜に潜むフォルドウルフを狙い撃つ作戦に変更した。

暗視魔法《ナイトビジョン》——暗い場所でも視界が明瞭《めいりょう》になる魔法のおかげで、俺にはフォルドウルフの姿がばっちり見えるのだ。

俺はフォルドウルフどもの頭部を、闇の中、無詠唱で風刃魔法《ブレシングウィンドカッター》を放って切断していく。

光を放たない風魔法《ブレシングウィンド》は、こういうときに使うと便利だ。

一応グラッサにも、近付いてきた敵の相手はしてもらっていたのだが、彼女が倒したフォルドウルフの数が二桁《ふたけた》に到達しようかという頃——

『ウォオオオオオン』

戦場を揺らすほどの咆哮《ほうこう》が響いたと同時に、俺たちを囲んでいたフォルドウルフの群れが四散し闇の中に走り去っていった。

「はぁ、はぁ……もしかして私たち勝った？」

「たぶん、ね」

息も絶え絶えのグラッサに俺はそう答える。

「でも、俺たちの油断を誘ってるだけかもしれないし、朝まで警戒は解かない方がいい」

実際、集団行動する魔物は一度引いたと見せかけて、獲物が油断したところを狙って再度襲いかかってくることも多い。

「そうなんだ……でもすぐ戻ってくるわけじゃないんだよね？」

俺の言葉にグラッサが不安そうに呟く。

「ああ。それなりに被害を与えたし、態勢を立て直すにしても時間はかかるだろうな」

周囲に転がる十体以上のフォルドウルフの死体を見ながら、俺は答える。

「よかった。あたしもうへとへと」

そう口にしてその場に座り込むグラッサの顔には、たしかに疲労の色が濃く浮かんでいた。

それもしかたがないことだろう。

なんせ彼女はまだ冒険者になったばかりだ。本格的な戦闘の経験も、エドラたちと共に戦ったゴブリン狩りくらいなのではなかろうか。

ゴブリンもフォルドウルフ同様、群れで襲いかかってくるタイプの魔物ではある。しかしフォルドウルフに比べれば素早さも低く、組織立った動きは出来ないためランクとしては数段落ちる。

実際ゴブリン狩りでは怪我一つしなかったらしいグラッサだが、フォルドウルフとの戦いを終えた今は体中に傷を作っていた。

「とりあえず返り血は拭《ふ》いておいた方が良いぞ」

魔物の返り血には、人体に毒になる成分が含まれている場合がある。フォルドウルフにはその特性はなかったはずだが、念のために解毒魔法《キュア》もかけておいた方がいいだろう。

「べとべとして気持ち悪いしね」

グラッサは両手を振って、手に付いた血を払いながら笑う。

既に戦いの前に見せていた怯えはそこにはない。

俺はそのことに安堵《あんど》しつつ、収納からタオルを取り出す。そして水魔法《ブレシングウォーター》で湿らせると、グラッサに向けて放り投げた。

「これを使ってくれ」

「ありがと。こういうときだけはトーアがいて良かったって思うわ」

グラッサはタオルを受け取って、顔や傷ついた肌を拭いていく。

「便利屋だって皆でもよく言われてたな」

彼女の軽口に苦笑いで俺は答えた。

「これ、洗って返した方がいいかな？」

「あとで魔法を使って洗うから気にするな。好きなだけ汚してくれていいぞ」

「じゃあ遠慮《えんりょ》なく」

グラッサはそう答えると、既にかなり汚れていたタオルで防具を拭き始めた。

遠慮がないにもほどがある。

「グラッサ。大丈夫だった？」

そうこうしていると、戦闘が終わったことに気が付いたのだろうニッカが、馬車から下りて俺たちの元に駆けてきた。

「治すからじっとしてて」

「かすり傷だから大丈夫よ」

「ううん。細かくても傷は傷。もし痕《あと》が残ったら大変でしょ」

ニッカは断ろうとしたグラッサを説き伏せると、彼女の体に再生魔法《リザレクション》をかけ始めた。

いつものようにゆっくりと回復していく傷口を見ながら、俺もグラッサに解毒魔法《キュア》をかけておく。

「過保護だなぁ」

二人に傷を治してもらいながらグラッサが苦笑いする。

「冒険者なら、戦闘後の回復と防疫《ぼうえき》はきっちりやっておいた方がいいんだよ」

「そっか、そうだよね」

後々病気や怪我が悪化する可能性を考えれば、そのときになって対処するより先に予防しておく方が合理的である。

特に冒険者という職業は、街や村に住む人たちと違い、症状が出てすぐに医者に駆けつけられるとは限らない。ダンジョンの奥地まで潜ったあとで発症したなら、即命の危機に繋《つな》がる可能性も少なくないのだ。

そういう理由もあって、実は街に住む一般人より冒険者の方がむしろ衛生観念がしっかりしている。辺境へ飛ばされて冒険者と触れあうようになり、驚いたことの一つだったりする。

なんせ、とんでもない荒くれ者が集まるような辺境砦や、強力な魔物やダンジョンを求めて冒険者が集まる近隣の街の方が王都より掃除が行き届いているのだから、驚くなと言う方が無理がある。

本来であれば冒険者ギルドでそういった知識を学ぶわけだが、ニッカたちは騒動のせいでそのチュートリアル的な授業を受けることが出来なかったんだよな。

「まぁ、グラッサはまだ冒険者になったばかりの新人だから仕方ない。これから色々と覚えていけばいいさ」

「トーアも新人冒険者なのにね」

「俺はベテラン新人冒険者だからな」

「あははっ、新人なのにベテランって意味わかんない」

俺の軽口にグラッサが笑う。

そんな会話の間にも、彼女の傷はゆっくりと確実に治癒《ちゆ》されていく。

「私も二人と一緒に戦いたかったな」

そんな俺たちの会話を聞いて、自分だけ戦闘に加われなかったニッカが頬《ほお》を膨《ふく》らます。

だが、別に俺は彼女を戦力外だと思って馬車に戻したわけではない。

彼女には商人を守りながらも俺たちの戦いをなるべく見せないようにするという、俺たちには出来ない重要な役割を任せただけである。

だがそんなことは彼女もわかっていて、その上でなお疎外感《そがいかん》を隠せなかったのだろう。

「じゃあ、次があったら今度はニッカに戦ってもらおうか」

といっても、グラッサと違いニッカには前線で戦える力はない。

だがその代わり、ニッカには補助魔法を使いこなせる才能があった。

今まで回復師としての訓練しかしてこなかった彼女だが、再生魔法《リザレクション》を使い続けるために幼い頃から鍛え上げられた精神力と魔力制御の技術は、熟練の域まで達している。

それに気が付いた俺は、ニッカにいくつかの魔法を教え、その特性を探ることにした。

その結果わかったのは、彼女には補助魔法の適性があるということだった。

一方、相手に直接害を与える攻撃魔法については彼女の性格故か上手く発動することが出来ず、最終的に俺は彼女を補助職として鍛えることに決めたのである。

「はい！　私、頑張ってトーアさんを補助しますね！」

そんな話をしているうちに、気が付けばグラッサの体から、傷が綺麗《きれい》に消えていた。

「ありがと、ニッカ」

「これが私の役目だし、それに修行にもなるから気にしないで」

初めて彼女の再生魔法《リザレクション》を見たとき、その治癒速度の遅さに驚いたものだが、今では特訓の成果もあって、軽い傷であれば初級回復魔法《ローヒール》と同等……とは言えないまでも、かなりの速度で回復出来るようになっている。

「ニッカの魔力操作は、もう俺よりも上かもしれないな」

「まだまだ師匠に敵うわけないじゃないですか」

「ぐっ……俺のことを『師匠』って呼ぶのは禁止だって何度言ったら――」

ニッカの言葉に俺がそう言いかけると、グラッサが声を上げる。

「えー。だってトーアはあたしたちに特訓をつけてくれるし、さっきだって魔物との戦い方を教えてくれてたじゃない。だからあたしたちにとって、トーアは師匠でしょ？」

たしかに旅の間、彼女たちが最低限自分の身を守れるようにと、時間を見つけては冒険者として色々とレクチャーしてきた。

だがそれはあくまで初歩的なもので、師匠と呼ばれるほど過酷な特訓はさせていない。

「とにかくだ。辺境砦では俺のことを師匠って呼ぶんじゃないぞ」

「どうしてさ？」

「俺が弟子を取ったなんて思われたら、師匠たちに二人じゃなく俺が馬鹿《おもちゃ》にされるからだよ」

しかもそれが女の子だなんて、絶対にからかわれるに決まっている。戦い以外には極端に娯楽《ごらく》が少ないあの場所では、人の色恋沙汰《いろこいざた》は一番のネタなのだ。

……いや、別に俺が二人と色恋沙汰になっているってわけじゃないけども。

それでもあの場所にはそういう下世話な話が大好きな人もいるわけで。

「もしかして俺、選択肢を間違ったか」

俺は今頃になって二人を辺境砦に誘ったことを後悔し始めた。

といっても今更他に選択肢もない。

「とにかく、今後俺のことを師匠って呼んだら二度と特訓はしないからな！」

俺は二人に向かってそう告げると、馬車に被害がなかったかを確認している商人の元へ、報告のために向かったのだった。

◆第一章◆

日が昇ると同時に野営場所から出立して昼前に街へたどり着いた俺たちは、お世話になった商人と別れ、旅の疲れを癒《い》やすべく宿を探した。

このロッホは王国北部の流通の要《かなめ》で、数多くの商人や旅人、冒険者たちが集まる街である。

そのおかげで宿屋も多く、選り好みさえしなければ比較的簡単に宿を見つけることが出来る。

グラースから貰《もら》った路銀のおかげで、資金にはまだ余裕があった。

ということで、俺は男女それぞれ部屋を分けて泊まろうと思ったのだが――

「そんな贅沢《ぜいたく》しちゃだめです」

と、ニッカに説教され、結局は一部屋だけ借りることになった。

二人の女の子とドキドキ同衾《どうきん》とか阿呆《あほう》な言葉が一瞬浮かんでしまったのは致し方ない。

だが結局、そんな妄想より眠気が勝った俺は、部屋に入るなりニッカたちに「起こさないでくれ」と告げて、ベッドに一人ダイブしたのだった。

◆◇◆◇◆

「あれがお宝で間違いないかァ？」

「ああ、間違いない。貰った絵とそっくりだしな」

「そっくり」

賑《にぎ》わうロッホの街の広場。

その広場に面した酒場に、そんな会話を交わす三人組がいた。

その三人は、真っ昼間からテーブルの上に大きなジョッキを並べ、豪快《ごうかい》に酒を飲んでいる。

「しかし、本当にあんな胡散臭《うさんくさ》い話を信じていいのか？」

「そんなの俺たちが考えてもしかたねぇことだろォ」

「そうだ。しかたない」

このロッホの広場は、交易路の中心と言われるだけあって、プレアソールで随一といわれるほどの盛大な市場が毎日開かれている。

世界中から集まる多種多様の商品が並ぶ市場は、掘り出しものを求めてやってきた一般客だけでなく、商人同士が大きな取引をする商談の場としても機能していた。

「二度と手に入らねェお宝だァ。ぬかるんじゃねぇぞォ」

「当たり前だ、準備も万端だぜ」

「ちゃんと袋もある。これにすぐ詰め込む」

市場の喧噪《けんそう》のせいで、三人組の声はお互いにしか届いていていない。

もしその声が周りにいる他の客に届いていていたら、憲兵でも呼ばれていたかもしれない。

「おい。お宝が動いたぞ」

「やっとかァ。待ちくたびれたぜェ」

「待ったよ、待った」

狙っている『お宝』が市場からどこか別の場所へ移動するのを見て、男たちは一斉に席を立つ。

「おいィ。勘定《かんじょう》はここに置いていくぜェ！」

三人のうちリーダーの男が、そんな喧噪の中でも聞こえるほどの大声で給仕に告げる。

「おい、馬鹿。声が大きいぞ」

「大きい」

慌てて残りの二人が、リーダーの後ろから苦情を並べ立てる。

「別に獲物にゃ聞こえやしねェよォ」

しかしリーダーの男はそんなことはお構いなく、どんっと机の上に幾枚かの硬貨を置くと「行くぞォ」と店を出ていった。

慌てて追いかける二人と共に、男は人混みなどものともせず『お宝』の後を追って駆けていく。

「おっと。これ以上近づくと気付かれちまう」

しばらく走ったところで男が足の動きを止め、その場に三人が並ぶ。

『お宝』に追いついたのだ。

「ここからは手はず通りにいくぞォ」

「了解だ」

「任せて」

男の合図で、残りの二人はそれぞれ別方向へ向かっていく。

「へへっ。おあつらえ向きに人通りが少ない方へ行ってくれる」

男の視線の先で、『お宝』が多数の人の行き交う通りから狭い路地へ入っていった。

その後をゆっくり、距離を詰めるように男は追う。

「アイツの下調べは完璧《かんぺき》だなァ」

どんなに賑やかな街でも死角というものは存在する。

そしてそれは、人目がある賑やかな場所から、ほんの僅かだけズレたような場所にあるものだ。

男たちが狙う『お宝』がその死角へ入ったその瞬間――

「な、なんだよ君たちはっ‼」

「静かにしろォ」

「口を塞げ！」

「袋、かぶせる」

三人の男たちは、『お宝』を奪い去ったのだった。

◆　◇　◆　◇　◆

「んんっ、よく寝たぁ」

窓から差し込む光からすると、どうやらかなりの時間眠っていたようだ。すっかり夕日が落ちている。

「最近あまり眠れてなかったからなぁ」

王都にいる間は、いつバフェル公爵《こうしゃく》派の残党が逆恨みで復讐に来るかもしれないと常に気を張っていた。そして旅立った後も、追っ手や魔物の襲撃を気にして、熟睡《じゅくすい》出来た夜はなかったのだ。

「王都からずいぶん離れて気が緩んだかな」

俺はベッドから降りると部屋の中を見渡す。

寝る前、雑に放り投げた覚えのある俺の荷物は、ニッカたちのものと一緒に部屋の隅にきちんと並んで置かれていた。

だが、そのニッカたちの姿は部屋の中にはない。

「二人とも、どこ行ったんだ？」

彼女たちが眠っていたはずのもう一つのベッドに目を向ける。

もちろんそこに二人の姿はない。

「出歩くなって言っておいたから、外には行ってないはずだし」

俺は少し胸騒ぎを覚えつつ、二人を探すために部屋の扉へ向かおうとした。

「ん？」

だが、まるでそれを見計らっていたかのように鍵《かぎ》の音が耳に届き、同時に扉が開いてニッカが中へ入ってきた。

「あっ、トーアさん。目が覚めたんですね」

「おはようニッカ。どこに行ってたんだ？」

俺の問いかけに、ニッカは僅かに気まずそうな表情をしたあと、意を決したように口を開いた。

「ロビーで人を待ってたんです」

「もしかして、誰かとここで会う約束でも？」

この街で誰かと会うなんて話は二人から聞いてはいないが、俺に内緒でそんな約束を彼女たちはしていたというのだろうか。

「そうじゃなくて……実は」

ニッカは俺の表情から何かを感じ取ったのか、慌てて事の次第を説明してくれた。

俺が眠ったあと、二人ともしばらくの間は部屋で荷物の整理などをしていたらしい。

俺が起きたら一緒に食事でも行こうかと話をしていたそうなのだが、俺が目覚める気配が一向になく、もしかしたら夜まで目覚めないのではないかと思ったらしい。

「トーアさん、とっても疲れてたみたいだから。外に食べに行くのも大変だろうし、それならここで何か美味しい料理を作ってあげようってグラッサと話してたんですけど」

そこで問題になったのは、俺が選んだこの宿だ。

俺は警戒《けいかい》のために、宿泊客以外がなるべく出入りすることがない――つまり食堂や酒場が併設されていない宿を選んだ。

その代わりに自炊のための場所は一階にあるのだが、残念ながら俺たちは一度も食料品店に寄らずに宿まで来てしまったせいで食材の手持ちもない。

だが、俺から宿の外に出るなと言われていた二人は、買い物に出かけるわけには行かない。

どうしようかと一階のロビーで話し合っていると――

「何か困ったことでもあったのかい？」

ロビーにやってきた若い旅人に声をかけられたのだという。

その旅人はニッカたちと同じくらいの年の可愛らしい顔立ちの男の子で、チェキと名乗った。

彼は市場に出かけようとロビーに出てきたところで、年の近そうな二人が困っているのを見かけて思わず声をかけたらしい。

「それなら僕が代わりに買ってきてあげようか」

そう提案するチェキに、グラッサとニッカは最初は断ろうと思ったそうだ。

だが結局、他に手はないという結論に達して、彼に買い物リストを手渡してお金も渡そうとした。

ずいぶんと不用心に感じるが、ニッカたちとしてはチェキがそんなことをする人間だとは思えなかったという。

ただ、彼はお金を受け取ろうとはせず、こう言ったそうだ。

「予算だけ教えてよ。その範囲内で探してくるから、お金は帰ってきてから貰えば良いからさ。君たちも、見ず知らずの人にお金を渡すのは心配でしょ？」

そうして彼はニッカたちから大まかな予算を聞くと、「夕方までには帰ってくるよ」と言い残し宿から出て行ったらしい。

俺は窓の外に目を向けた。

先ほどまで夕焼けに染まっていた空は、既に闇に侵食され始めている。約束の夕方はとうに過ぎていた。

「それで、まだチェキって子は帰ってきてないのか」

「はい。何かあったんでしょうか？」

「どうだろう。もしかしたら、市場が楽しすぎて時間を忘れて店を見て回っているのかもな」

ロッホの市場は、一般には出回らないような珍しい品々が数多く並ぶことで有名だ。

そんな品々を見て回っているうちに、思ったより時間が過ぎてしまった可能性もある。

「だといいんですけど」

「何か気にかかることでもあるのか？」

「いえ……ただ、約束を忘れて遊び回るような人には見えなかったものですから」

ふむ。

俺はそのチェキという旅人に会ってはいないのでわからないが、実際に話したニッカがそう言うのであればそうなのだろう。

「たぶん大丈夫だとは思うけど、心配なら探しに行こうか？」

「お願いしてもいいですか？」

「ああ。もし万が一、何かあったら寝覚めが悪いしな」

俺の飯のために、その旅人を巻き込んだとも言える。

この街はそれほど治安が悪いわけではないが、王国だけでなく国外からも沢山の人たちが集まってくる場所だ。そのチェキという旅人が、何かしら面倒に巻き込まれている可能性も捨てきれない。

俺はニッカと二人でロビーにいるグラッサの元へ向かった。

「探すとして、そのチェキって子の特徴とか服装とか教えてもらいたいんだが」

「んー、特徴ねぇ。背丈とかはあたしと同じくらいだったよ」

「髪の長さもグラッサと同じくらい短めで、こんな珍しい形の帽子を被ってました」

そう言うとニッカは、水筒の水を指先につけて、机の上に帽子の絵を描いた。

小さめのツバのある、少し丸みを帯びたそのフォルム。前世では鳥打帽《とりうちぼう》の一種で、俗にキャスケット帽と呼ばれていたものに近いだろうか。

「服装は？」

「えっと……たしか――」

二人から聞き出したチェキの服装を纏《まと》めるとこうだ。

下は膝丈《ひざたけ》の青っぽい短パン、上は長袖《ながそで》の白っぽいシャツにカーキ色っぽい前開きのベストを羽織《はお》り、白と黒のチェック柄っぽいキャスケット帽。この世界を旅するには軽装すぎるが、たぶん宿についてて旅装束から着替えたのだろう。

顔の特徴としては、可愛らしい顔つきで少し目は大きめ。

ニッカよりも色白らしいが、外も暗くなりかけているのであまりそのあたりは探すのに関係はないかもしれない。

「大体わかった。それじゃあ探しに行こう」

話をしている間にチェキが帰ってきてくれたら探しに行く手間も省けたのだが、結局今になっても彼が宿に帰ってくることはなかった。

市場がどれくらいの時間まで開かれているかはわからないが、それほど夜遅くまでなんてことはないはずだ。

一応、照明の魔道具があるので、夜になっても町中が真っ暗になるわけではない。

だが市場が開かれている広場は、街灯こそあるものの全体を照らすほどではなく、ほとんどの商人は、暗くなる前に店じまいするはずだ。

更に、前世と違ってこの世界の治安は言わずもがな。

憲兵も見回りをしているだろうが、暗闇の奥までその目は行き届かない。暗くなった街を一人でうろつくのは自殺行為に近いと、旅人ならわかっているはずである。

なのに、この時間まで戻ってこないというのは、たしかに異常ではある。

「完全に日が落ちる前に見つけないと」

「そうですね」

「わかってる」

そうして俺たちは日が暮れかけの街へ、一人の少年を探すため繰り出した。

目的地は、チェキが向かったであろう市場だ。

とっくに彼が買い物を終えてその場を離れている可能性は高いが、それでも他に手がかりはない。

既に半数以上は店じまいを済ませ、空っぽのテントが並ぶ市場にたどり着いた俺たちは、それでもまだ客足の残るその中を、チェキの姿を求めて歩き回った。

「……どこにも見当たりませんね」

「そうだな」

ギリギリまで商品を売り切ろうと頑張る商人と、ギリギリまで値引きを狙う客とが商談をしている姿は見かけるが、その中にも道行く人の中にも、チェキらしき姿は見当たらない。

「もしかして入れ違いになった？　あたしが一度宿に戻って見てこようか？」

「いや、それじゃあ三人で来た意味がないだろ」

俺たちが三人一緒に行動しているのは理由がある。

王都から離れ危険は減ったといっても、未だ彼女たちを守れるのは俺しかいない状況で二人から離れるわけにはいかない。

だからこそ誰か一人、宿に残ってチェキを待つのが正しい選択とはわかっていたが、その選択肢を俺は選ぶことが出来なかった。

「そっか。そうだったね」

「ったく。単独行動して攫《さら》われでもしたらどうする。また助けに行かなきゃならないだろ」

「……でもトーアなら絶対助けに来てくれるよね？　囚われのお姫様を助けに行く勇者様みたいにさ」

いたずらっぽく笑うグラッサに、俺は呆れてため息をつく。

「馬鹿なこと言ってないでお前もニッカくらいしっかり周りを探してだな――」

「うわぁ。この髪飾り可愛いっ」

そんな会話を交わしているとふいに、ニッカのそんな声が聞こえてきた。

「おっ、お嬢《じょう》ちゃん。なかなかお目が高いね。その髪飾り、今なら半額で売っちゃうよ？」

「えっ、いいんですか？」

「可愛らしいお嬢ちゃんがもっと可愛くなるためならお安いものさ」

「じゃあ買います！」

「まいどあり」

声の方を振り向くと、ニッカはいつの間にか、近くで店じまいをしていた商人に話しかけていた。

しかもセールストークにまんまと騙《だま》され、どこにでもありそうな小さな髪飾りを買わされている。

「ニッカ、こんなときに何してるんだ？」

「あっ、トーアさん。見てくださいこの髪飾り！」

「いや見てくださいじゃなくてだな」

「似合ってますか？」

早速手に入れた髪飾りを付け、俺に見せつけるように顔を寄せてくるニッカに、俺は小さくため息をつく。

「似合ってないですか……」

とたんにしょんぼりとするニッカに、慌てて俺は「いや、すごく似合ってると思うよ」と答えた。

実際、その髪飾りはニッカにとても似合っていて、彼女が身に付けた途端に安物に見えなくなっていた。

「えへへ。買って良かったぁ」

「あー、ニッカだけずるいよ！　あたしにも半額で売ってよ！」

「かまわないよ。お嬢ちゃんはどれがいいんだい？」

いいカモを見つけたと思ったのだろう。商人は人当たりの良さそうな笑みを浮かべると、売れ残りの商品を一つ一つ指さしては値段を口にしていく。

だがどれもこれも、グラッサが思っていたよりは値段が安くなかったらしく、彼女の眉間《みけん》に皺《しわ》が寄っていく。

そして最後の一個。

商人は「これはあまりおすすめの品物じゃないんだが」と口にしながら、机の一番端に雑に置かれていた腕輪を持ち上げた。

「この腕輪はドワーフの国で二個ほど仕入れたものでね。色は綺麗なんだが、見ての通り、それ以外の部分の出来があまり良くなくてずっと売れ残ってたんだが……」

商人が言うには、今日の朝から値段を下げたおかげでやっと一つ売れたものの、その後はこの時間まで誰も手に取ることすらしなかったのだという。

「見せてもらっていい？」

「ああ、かまわないよ」

グラッサが受け取ったその腕輪は、素人の俺が見ても出来が良いとは思えないものであった。

しかしその色合いはとても綺麗で、どうやらグラッサはその揺らめく赤に心惹《こころひ》かれてしまったらしい。

「これ、いくらにしてくれるの？」

「そうだな。じゃあこれくらいでどうだい？」

商人は両手の指を三本立てて値段を示す。

それを見たグラッサは、少しだけ考えるような仕草をしてから――

「うーん、これくらいにならない？」

そう言って手を伸ばし、商人の指を一つ折り曲げた。

「うーん、まぁいいか。お嬢ちゃん、商売上手だね」

「やった！　はい、それじゃこれで」

苦笑いを浮かべる商人にお金を手渡したグラッサは、そのまま手にした腕輪を月明かりにかざして目を細める。

今はそんなことをしてる場合じゃないだろうに……と内心呆れつつ、俺は店を片付け出した商人に、チェキのことを尋ねてみることにした。

「おっちゃん、ちょっと聞きたいことがあるんだけど」

「なんだい？　兄ちゃんも何か欲しいのかい？」

「いや、そうじゃなくて」

俺は小さく首を振ると、少し離れたところで腕輪を見ながらニヤけているグラッサを指さした。

「実は人を探してるんです。背丈はあの娘と同じくらいで――」

続けて二人から聞いたチェキの特徴や服装を告げる。

正直、女性向けのアクセサリー屋らしいこの場所に、男であるチェキが立ち寄ったとは思えなかったのだが――

「その子だよ」

俺のその予想は、意外にも裏切られることになった。

「えっ」

「さっき言った腕輪を買ってくれたもう一人の客が、その子なんだよ。あんなのを買ってくれる客がいるなんて思わなかったからよく覚えてるよ」

商人が言うには、チェキらしき人物は昼過ぎ頃にふらっとやってきたそうだ。そして商品を一つずつ手にしたあと、グラッサが買ったのと同じ腕輪を嬉しそうに買っていったらしい。

誰かにプレゼントするつもりだったとしたら、センスが悪すぎるとしか言えないが。

「それで、その子はどこへ行ったかわかりますか？」

「そのまま市場を出て行ったよ。今頃は宿にでも帰ってるんじゃないのかね」

「それがまだ帰ってきてなくて。それで俺たちが探しに来たんです」

「へぇ。そりゃあ心配だな」

どうやらチェキはこの店で買い物をしたあと、宿へ帰るつもりだったようだ。

だが、実際には今になっても彼は戻っていない。

「もしかしたら入れ違いになったかもしれないし一度宿に戻ってみます」

「おう、無事なことを祈るぜ」

俺は商人にお礼と別れを告げると、ニッカたちの元へ向かう。

そして彼から聞いたことを二人に伝えた。

「本当なら、もうチェキは帰ってきてないとおかしいよね」

「でも、宿に帰ってきたなら絶対に私たちの前を通らないと部屋に戻れないはずですし」

「窓からなら部屋に入れるかもしれないが、二人を避けて部屋に戻る理由なんてないだろうしな」

さて、どうするか。

先ほど商人に言ったように、一度宿に戻ってみるのもいいかもしれない。だが、それでやはりまだ帰っていない場合は、もう一度ここに戻ってきて聞き込みをすることになる。

日が暮れている以上、今僅かに残っている商人達も、じきにいなくなってしまうだろう。それを考えると、宿に戻るのは時間的に無駄《むだ》かもしれない。

「兄ちゃんたち。ちょっといいか?」

すると、店の片付けが一段落したらしい先ほどの商人が声をかけてきた。

「なんでしょう?」

「いや、さっきの子の話で一つ思い出したんだけどよ……全く関係ないことかもしれんから話半分に聞いてほしいんだが」

商人はそう前置きしてから話を続けた。

「そのチェキって子が市場を出て行くときにな、その後を三人組のずんぐりむっくりな男どもが付いていってたように見えたんだ」

「三人組？」

「ああ。三人ともフードを被ってて顔は見えなかったんだけどよ。三人揃《そろ》って同じ格好をして顔を隠してたから、変に悪目立ちしてててな。それで覚えてたんだよ」

「それでそのあと、チェキとその三人はどっちへ？」

「たぶんあっちの方だと思うが――」

商人が指し示した方向は、たしかに俺たちが泊まっている宿がある方向だった。

ということは、チェキが宿に帰ろうとしていたのは間違いない。

やはり何か事件に巻き込まれているのだろうか。たとえば、その三人組に攫われたとか。

「貴重な情報感謝します」

「いいってことよ。あんたらもその子も大事なお客さんだからよ」

俺は商人に礼を告げると、不安そうな表情を浮かべたニッカとグラッサを連れ、市場を後にする。

そしてチェキが通ったであろう道へ向かった。

「トーアさん、あれ！　あそこ！」

何かないかと、辺りを慎重《しんちょう》に見回しながら歩いていると、ニッカが声を上げ俺の肩を叩《たた》く。

「これって……」

道の端。

市場から宿へ向かう路地の片隅に、何人もの人々に踏まれたようにボロボロになった、チェック柄のキャスケット帽が打ち捨てられていた。

「間違いない。これ、チェキが被ってた帽子だよ」

「本当か？」

「はい。私も同じような帽子が欲しいなって思ったので、どこで売ってるのか聞いたんですけど。ヴォルガで買ったらしくて、この辺りじゃ売ってないみたいなんです」

「たしかに、こんな形の帽子を被ってる奴は王国じゃ見たことないな」

しかしヴォルガか。

大陸を二分するように存在するティーニック山脈。その山を越えた先にある北方の国だ。もしかするとチェキはそこからやってきたのだろうか。

いや、今はそんなことを考えている場合じゃない。

商人のおっちゃんの証言や、チェキが被っていたという帽子が打ち捨てられていた現状。

そして帽子が落ちていた辺りは、ちょうど人通りが少なくなっている場所だということ。

どうやらチェキは、何者かに誘拐されてしまったと考えてよさそうだ。

グラッサとニッカも同じ考えに至ったのだろう。慌てて声を上げる。

「ど、ど、ど、どうしようトーアっ！」

「私たちがお買い物を頼んだせいでチェキさんが」

狼狽《うろた》え出した二人を「少し落ち着け」となだめつつ、俺はもう一度帽子が落ちていた地面に目を向ける。

商人のおっちゃんが言っていたことが正しければ、犯人はチェキの後を追っていった三人組の可能性が高い。

「たしか三人組は悪目立ちしてたとか言ってたな」

この場所で犯行が行われてずいぶん時間が経っているのは、チェキの帽子から見てわかる。

そのせいで道に残されていたかもしれない痕跡《こんせき》は既に消え去っていた。

「トーアさんの魔法で見つけられないでしょうか？」

ニッカが、祈るように両手のひらを組んでそう尋ねてくるが、魔法だって万能ではない。

「出来るならもうやってるさ」

そもそも探し人の行方がわかる魔法があったなら、あの日グラッサを探すのに使っている。

一応それに近い魔法はあるにはあるが、そのためには見つける対象にまずマーカーを付けないといけない。ニッカやグラッサには、マーカーになる道具を渡して、常に身に付けてもらっているが、当然チェキにはマーカーは付いていない。

「とにかく、この辺りの人に聞き込みをしてから、何も情報が得られなければ憲兵に助けを求めるしかないな」

といっても、たかだか旅人一人が昼から帰ってこないというだけで、どれだけ憲兵が動いてくれるかわかったもんじゃない。前世の警察ですらなかなかすぐには動いてくれなかったのに、この世界では尚更だ。

「わかりました。やりましょう」

「……チェキ、どこにいるのよ……」

力強く頷くニッカと不安そうなグラッサ。

日頃はグラッサの方が強気なのに、弱気なニッカの方が、いざというときになると心の強さを発揮するのだからわからないものだ。

「とりあえずどっちへ行きますか？」

「そうだな。市場から来てここで襲ったとすれば、攫ったチェキを連れたまま人通りが多い方に行くとは思えないな」

「……」

「じゃあこのまま市場と反対方向へ行きながら聞き込みしましょう」

「そうだな。たしかこの先にも何軒か店もあったはずだし、そこで店員にでも何か見てないか聞いてみようか」

方針が決まり、聞き込みを開始しようとしたそのとき――

「……あれ？」

ずっと無言だったグラッサが、突然あらぬ方向を向いて小さく声を上げた。

「どうした？」

「あっ、消えた」

「消えたって何が？」

「また見えた」

何を言っているのか、全く要領を得ない。

もしかしてチェキのことを心配しすぎて、幻《まぼろし》でも見ているのだろうか。

「もしかしたらあたし……わかるかも」

「えっ？」

「どういうこと？」

一度宿に戻ってグラッサを落ち着かせるべきかと考えていると、突然彼女が走り出した。

「ちょ、待ってよ」

「どこ行くのグラッサ！」

慌てて後を追う俺とニッカに、グラッサは「感じるんだよ」と更に意味のわからない言葉を返す。

そのまま路地を抜け、人通りが多い大通りに出るが、それでも彼女は足を止めない。

「どこまで行くつもりだ」

「さっきグラッサは『わかるかも』って言ってましたよね」

「ああ、たしかに言ってたな……って、まさか」

「たぶんですけど、グラッサはチェキさんの居場所がわかったんじゃないでしょうか？」

走りながら二人で話をしている間に、グラッサは大通りから別の路地へ走り込んでいく。

既に辺りは暗くなり、これ以上離されるとグラッサの姿を見失いかねない。

その場合は魔法を使ってマーカーを追えばいいのだが、何かあったときに一手遅れることになる。

俺たちは慌てて、グラッサの後を追って路地に飛び込んだ。

「どこだ？　って、あれか」

ニッカの速度に合わせて走っていた俺たちが路地に入ったとき、既にグラッサの姿はかなり遠くなっていた。

大通りと違って街灯もない裏路地を走るグラッサの腕輪が赤く光って見えなければ、その姿を見失っていたところだった。

「もしかしてあの腕輪……」

「どうしたんですか？」

俺はグラッサの後ろ姿に意識を集中しつつも、今さっき頭に浮かんだ疑問を整理するために口を開く。

「この路地は街灯もないし、月もまだ出ていない」

「そうですね。足下を注意して走らないと、こけちゃいそうで怖いです」

「だったらさ――どうして光源もないのに、グラッサの腕輪が光って見えるんだ？」

そうなのだ。

グラッサの姿はほとんど見えないのに、あの腕輪だけが赤く光って俺たちを導いてくれている。

つまりあの腕輪自体が光を発しているということだ。

「たしか商人のおっちゃんはあの腕輪をドワーフから仕入れたって言ってたよな？」

「そう聞きました」

「だとするともしかしてあれは――」

「きゃっ」

俺が予想を口にしかけたとき、後ろでニッカが何かに躓《つまず》いたのか声を上げた。

俺は慌てて足を止め、彼女の体を抱き止める。

「あ、ありがとうございます」

「さすがにこのままじゃキツいかな」

暗闇の中を走る訓練を積んだ俺はともかく、ニッカには危険すぎる。

「私にかまわずグラッサを追ってください」

赤い光が角を曲がり視界から消えたのを確認して、ニッカが俺にそう言った。

だが俺は首を横に振ると、暗視魔法《ナイトビジョン》を自分自身とニッカにかけた。

とたんに視界に光が戻り、昼間と同じとまでは言えないが夜の街を全力で走っても大丈夫なくらいには周囲を確認出来るようになる。

「トーアさんの魔法ですか？」

ニッカが周囲をキョロキョロ見回しながら尋ねてくる。

「暗視魔法《ナイトビジョン》って魔法でな。効果時間はそれほど長くないんだが、グラッサに追いつくくらいまではもつだろう」

「でも見失っちゃいましたよ？」

さすがの俺でも、角の先を透視《とうし》出来るわけではない。

だがここまで来ればグラッサに付けたマーカーを確認するまでもない。

「大丈夫。グラッサがどこへ向かっているか大体わかったから」

俺は理解出来ないといった表情を浮かべるニッカの手を引くと、先ほどまでよりはゆっくりとした足取りで、グラッサが向かったであろう方向へ走り出す。

そして二つほど角を曲がり大きな通りに出たあと、その道をまっすぐ進み……目的地が見えてきた。

「あそこは北門ですか……」

「やっぱりいたな」

ニッカと共にたどり着いたのは、ロッホの街の北門だった。

王国の北端方面の町や村へ向かうには、この門を通るのが一番早い。俺たちは、ロッホを出たら、辺境砦に行く前にニッカたちの村——ホナガ村へ向かう予定だが、その際もこの北門から出ることになる。

その門の前で、門兵と言い争っているグラッサの姿を見つけた。

「やっぱり、もうチェキは街にはいないみたいだな」

「どういうことなんですか？」

俺の呟きに首を傾げるニッカを連れて、俺はグラッサの元へ向かった。

「通してよ！」

「だめだ。こんな時間に女の子一人で街の外に出すわけにはいかない」

グラッサはどうにかして街を出ようとしていたが、門兵がそれを許すわけがない。

しかも最後の荷馬車の検問を終えた後らしく二重の門が閉ざされていて、たとえグラッサ一人でなくても、ただの冒険者では通行許可は下りないだろう。

俺はグラッサに近付き、声をかける。

「グラッサ、ちょっと落ち着こうか」

「なによっ。早くしないとチェキが！」

「わかってる。だけどこんな時間から街の外に出るのは自殺行為だ——すみません、門兵さん」

俺は門兵に一言謝罪の言葉を告げると、グラッサの腕を無理矢理引いて、門から離れた路地まで移動する。

それから念のため、周りに誰もいないことを確認してから沈黙魔法《サイレンス》で遮音結界を張る。

そこまでしてから、グラッサに詳しい事情を聞くことにした。

「グラッサ。何が起こったのか詳しく話して」

俺より先に問いかけたニッカに、グラッサは答える。

「急にね……急にあたしの頭の中にチェキがいる場所が見えたの」

「どういうこと？」

「わからない。でもなんとなくチェキがクドゥ村にいて、助けてって泣いているのがわかっちゃったんだ」

クドゥ村と言えば、このロッホから見て北北西にある村だったはずだ。

俺の記憶が確かなら、クドゥ村はこの街から馬車でおよそ三日ほど、百キロ近くは離れている。

そんな場所にチェキがいるとグラッサは言うのだ。

「クドゥ村って……チェキはお昼過ぎまでこの街にいたのに」

「ありえないってことはわかってるよ！　でも見えたんだからしょうがないじゃん！」

チェキが攫われたと思われる時間から逆算しても、五時間ほどしか経ってない。

だというのに馬車で三日以上はかかるであろうクドゥ村にチェキがいるのはおかしい。

しかも犯人は三人組で、チェキも含めれば四人だ。普通は馬車移動になるだろう。

それにこの世界の馬はどちらかというと馬力重視で、早馬であっても速度では前世の馬に劣る。つまり馬車を使わず馬を乗り潰すつもりで走らせたとしても、五時間程度でたどり着ける距離ではないことには変わりがない。

ならば転移魔法とか、一瞬で遠方に移動出来るような魔道具を使ったのか？

……いや、前に砦で師匠たちに興味本位で聞いたことがあるが、その手の移動手段はこの世界に存在しないと言われた覚えがある。

それにそんなものがあったら、とっくに辺境砦から王都へ帰る途中に俺が使っている。

「さっきあの路地裏で、チェキがどこにいるのか知りたいって願ったら、急に頭の中に見たことがある風景が浮かんできたんだ」

グラッサが言うには、頭の中に突然、クドゥ村の風景とチェキの助けてほしいという気持ちが流れ込んできたらしい。ちなみに、父親と一緒に行商の最中にクドゥ村に立ち寄ったことがあったため、すぐにわかったそうだ。

その話を聞いて、俺はさっき思い至った自分の予想が間違いではなかったと確信した。

「それはたぶんその腕輪の力だ」

「腕輪？」

「そういえばこの腕輪、あのときはたしかに赤く光ってましたよね。それとグラッサが見た景色と何か関係があるのですか？」

グラッサが不思議そうにする横で、ニッカが彼女の腕に嵌まった腕輪に視線を落とす。

「えっ。この腕輪が光ってたって？」

「うん。私たちはずっとその光を追いかけてきたから見失わずに済んだの」

グラッサが腕を上げて興味深げに見つめる腕輪には、先ほどまでの輝きはない。

「さっきまでは、その腕輪に組み込まれた魔導回路が作動していたから光ってたのさ」

「もしかしてこれって魔道具なの？」

とたんに表情を曇《くも》らせたグラッサは、腕輪を外し捨てようとするが、俺はそれを止める。

「安心しろ。魔道具ではあるが、呪具《じゅぐ》じゃない」

つい先日、彼女たちは魔力を拡散させるペンダント型の呪具によって酷い目に遭《あ》ったばかりだ。

過剰に反応するのも仕方ないだろう。

俺はグラッサが外した腕輪を受け取り、その内側に目をこらす。

そこには思った通り、ぎっしりと魔導回路となる紋様《もんよう》が刻み込まれていた。

「腕輪の起動と共に、材料に使われている『ヒヒロイカネ』が反応して赤く光を出したんだろうな。やっぱり、これは『誓約《せいやく》の指輪』……というか『誓約の腕輪』と言った方がいいか」

「それってどんな魔道具なんですか？」

「危なくないんだよね？　大丈夫なんだよね？」

二人が知らないのも仕方がない。

なんせ誓約の指輪は市場に出回ることは滅多になく、それどころか本来ドワーフ族以外の手に渡ることはない代物だからだ。

「まぁ魔道具には違いないんだけどね。皆が思ってるようなものとはちょっと違ってね」

誓約の指輪というのは、所謂《いわゆる》結婚指輪のことだ。

といっても、この世界では俺が知る限り、結婚指輪を贈《おく》り合うという風習はドワーフ族以外ではないために、二人には理解出来ないかもしれないが。

「結婚する二人がお互いの愛を誓《ちか》い合う意味を込めて、それぞれの手に嵌めている指輪を交換するって儀式がドワーフたちにはあるんだよ」

「素敵な儀式です」

「そんな儀式があるなんて知らなかったわ」

俺がその風習を知ったのは偶然だった。

辺境砦で鍛えてくれた師匠たちの中に、リッシュというドワーフ族の男がいたのだが、彼の指に嵌まっていた指輪について俺が尋ねたことで、話を聞くことが出来たのである。

彼はドワーフの強靭《きょうじん》な体で、主に戦闘では盾役として最前線に立っていた。

彼から教わった盾の使い方と立ち回り方は、何度も俺の命を救ってくれたものだ。

そんな屈強な彼の指に、どちらかといえば女性向けに思える、赤く煌《きら》めく宝石を細かな装飾で飾った指輪が嵌まっていたのだから、気になってしまったのだ。

「で、その誓約の指輪ってのは、旦那《だんな》になるドワーフの男が作って、結婚前にお嫁《よめ》さんになる人にプレゼントするらしいんだけど」

ドワーフ族の男は、幼い頃から鍛冶《かじ》や様々な細工を仕込まれて育つ。そんな彼らが最愛の人のために生涯《しょうがい》でたった一度だけ、自分の持つ全ての技術をかけて作り上げる。それが『誓約の指輪』なのである。

「誓約の指輪には仕掛けが施されててね」

「どんな仕掛けなのさ」

「それが、グラッサの頭に浮かんだチェキのことと関係があるんですね」

誓約の指輪に施された仕掛け。それは――

「誓約の指輪には相手のことを『想う』ことで、相手の『想い』が伝わってくるという魔導回路が組み込まれているんだ」

誓約の指輪の主な素材は、ヒヒロイカネという希少金属である。

前世の世界では伝説の金属だったものだが、この世界では鉱物として実在するのだ。

特性としては魔力の伝導率が高いことで有名なミスリルよりも更に伝導率が高く、魔道具の心臓部に使うことで通常では考えられないほどの力を発揮する。

しかしヒヒロイカネは希少金属と呼ばれるものの中でも、産出量が極端に少なく、鉱物資源を豊富に所有しているドワーフ族ですら気軽に使うことが出来ないと聞く。

ちなみに、ドワーフでもヒヒロイカネの細かい加工は難しく、誓約の指輪造りは、腕前の善し悪しを見る物差しの一つともされているという。

「その腕輪ってそんな貴重なものだったんですね」

「それがどうして売れ残ってたんだろう」

ニッカとグラッサがそう言うが、それは俺にもわからない。

ただ、まさかそんな品物が捨て値で売られているなんて、誰も思わなかったからというのはあるだろう。

店主が見抜いていれば違っただろうが……この腕輪の出来を見て、ドワーフの作った物だと考えるのは難しいかもしれない。

グラッサはなぜか気に入っているようだが、女性向けの装飾品としてはあまりに無骨《ぶこつ》でゴツゴツしたデザインで、かろうじて褒められるのは鮮やかな色と、嵌め込まれた宝石代わりの魔石だけ。

形も歪《ゆが》んでいて、表面の加工も雑で均一感がまったくない。

とてもドワーフの工芸品とは思えないほど質が悪く、むしろあの商人はよくこれを仕入れようとしたものだと呆れてしまう。

刻み込まれた魔導回路も、よほどの知識がないとただの落書きにしか見えないような代物で、この状態で機能していることが不思議なくらいである。

「まぁなんにせよ、グラッサが見たのは今のチェキが置かれてる状況で間違いないだろうな」

グラッサがこの腕輪を身に付けた状態で、もう一人の持ち主であるチェキのことを強く考えた。

そのことで腕輪の魔導回路が起動して、チェキの想いや見ているものがグラッサに伝わってきたのだろう。

「やっぱりチェキはクドゥ村にいるんだ……」

「でも、あんな遠くまでこんなに短い時間で行けるなんて信じられないです」

「そうだな。普通に馬を使っても無理だろう」

一応飛行魔法は存在するが、それでも攫った人を抱えて長距離を飛ぶとなると、魔力の消費量も多いため、俺でもギリギリたどり着けるかどうかだ。

「地上も空も無理……となると……」

そう呟きながら俺は足下に目線を落とす。

「――地下か」

「地下って、地面の中ってことですか？」

「地面の中を掘って逃げたってーの？　普通に地上を移動した方が速いと思うけど」

グラッサの言葉は正しい。

だが俺は知っていた。

正確には指輪の話と共に思い出したのだが、リッシュから『ドワーフ族が使う秘密の移動手段』について教えてもらったことがあるのだ。

その移動手段は、どこにでもあるわけではないらしいのだが、半日で百キロ離れた村まで移動したとなると、その移動手段しか考えられない。

「とりあえず探すしかないか」

俺はそう口にしてしゃがみ込み手のひらを地面に当てる。

「どうやって探すんですか？」

「こうするのさ。反響振動《エコーバイブレーション》」

力ある言葉と共に、手のひらから地面へと、小さな魔力の振動波が送り込まれる。

魔力振動波はかなりの範囲に届き、何かしら物体や空洞にぶつかることで反射する性質を持っている。その性質を利用して、地面に潜る魔物の位置を特定するときに使われたりもする魔法である。

「――見つけた。あっちだ」

思ったより近くに探していたものを見つけた俺は、ニッカたちにそう告げると建物の陰から出て、大通りを横切り対面の路地へ駆け込む。

一軒、二軒、三軒。

「ここだ」

路地に入って四軒目。扉に耳を当てて中の様子を確認するが、人の気配はない。

「その家に何かあるんですか？」

「ああ。たぶんチェキはここに連れてこられたんだ」

俺は答えながら、扉に向けて解錠《かいじょう》の魔法——解錠魔法《アンロック》をかけ、中に入る。

二階建ての小さな普通の一軒家で、中も特に変わった様子もなく、ごく普通の民家のようだ。

しかしこの家の中には、生活感というものが全く感じられない。

床にも家具にも埃《ほこり》が積もっていて、家として使われている形跡もなかった。

「おじゃまします」

「勝手に入って怒られないかな」

不安そうに後から入ってきた二人に扉を閉めるように言ってから、俺は床を指で指し示す。

「そこらじゅうに新しい足跡があるだろ。やっぱりここで間違いない」

「これって犯人の足跡なんですかね」

「わかりにくいけど一人の足跡じゃなさそうね。やっぱり例の三人組はここに来たんだ」

よほど慌てていたのか、元々隠す気がなかったのか。

埃の溜《た》まり具合からたぶん後者なのだろうが、いくつもの足跡がしっかりと残されていた。

そしてその足跡は、奥にある一つの部屋へ続いている。

「あの部屋にあるな」

俺は犯人の足跡の上をなぞるように歩いて、目的の部屋の前まで進む。

ご丁寧《ていねい》にこちらも鍵がかけられていたので、もう一度解錠魔法《アンロック》で鍵を開きノブに手をかけた。

「この部屋にいったい何があるってのさ」

後ろからグラッサが問いかけてくるが、俺は答えずにノブを回し、奥へ向けて扉をゆっくり開く。

そして部屋の中に、目的のものがあることを確認してから――

「あれが俺の探してた『モグラの横穴』だよ」

振り向いてそう答えを口にした。

この部屋には、他の部屋と違って一つも家具は置かれていない。それどころか窓もなく、一見すると空っぽの物置のようにも見える。

「えっと……何もないように見えるんですけど」

「どこにモグラの横穴ってのがあるのよ」

後ろから続いて部屋に入ってきた二人が、中を見て疑問の声を上げた。

たしかに彼女たちの言う通り、俺も何も知らずにこの部屋に入ったら、同じような疑問を持っただろう。

「まぁ見てなって」

俺は部屋の中央まで進むと――

「ここら辺だな」

どんっと足で床を蹴《け》った。

「わわっ」

「ええええっ」

すると、俺が蹴った部分から少し離れた場所の床が下に沈み込み、地下へ続く階段が現れた。

「ここからモグラの横穴へ行けるはずだ」

「あんなところに階段があるなんて」

「トーアさんはよくこんな仕掛け知ってましたね」

「ん？　ああ、師匠に昔教えてもらったんだよ。といっても実物を見たのは初めてだけど。とりあえず早く階段を下りないとすぐに閉まるから急げ」

そう答えながら、俺は急ぎ足で階段を駆け下りる。

「閉まっ……えっ、待ってくださいトーアさんっ」

「そういうことは先に言ってよ！」

慌てて後ろから二人が続く。

壁に埋め込まれた灯りの魔道具のおかげで、足下もよく見える。

「ついた。ここがモグラの横穴だ」

途中に三つほど踊り場を挟んで、大体ビル三階から四階分くらい階段を下っただろうか。

ようやくたどり着いたそこは、ニッカたちには初めて見る光景だったに違いない。

「こんなところが街の地下にあったなんて」

「うわぁ……これって洞窟《どうくつ》だよね？　どこまで続いてるんだろ」

「ここは明るいけど、奥は真っ暗ですね」

「うん、全然見えないや」

階段から降り立ったその場所は、所謂《いわゆる》駅のホームのような場所だった。

今俺たちが立っているのがプラットホームで、その前の少し下がった場所には、二本のレールが洞窟の奥の闇へ向かってまっすぐに伸びている。

といっても、プラットホームの大きさは幅二メートル、長さも六メートルほどしかなく、路面電車のホームくらいのものだ。

線路自体も単線で、線路幅も狭く、電車が走るものとは別物なのがわかる。

「チェキはこの洞窟を通って、連れ去られたんでしょうか」

「ああ。この洞窟がクドゥ村か、その近くまで続いてるのは間違いないと思う」

「そんな遠くまでモグラの横穴って繋がってるんですか？」

ニッカの言葉に俺は頷き、リッシュから聞いた説明を二人にする。

モグラの横穴とは、ドワーフ族が移動のために、ドワーフ王国を中心に密かに張り巡らせた地下道のことである。

とはいえどこにでもあるわけではなく、実は計画的に作られたものではない。

なぜならモグラの横穴は、ドワーフ王国が作った正式なものではないからである。

ドワーフの王国があるのは、プレアソール王国がある西大陸を二分するように存在しているティーニック山脈。その西端に、岩山をくり抜いたように存在している。元々はティーニック山脈に埋まる様々な鉱石資源を目的に集まり、そのまま住み着いたのが始まりらしい。

ドワーフという種族は、一部を除いて非常に閉鎖《へいさ》的な種族である。

基本的に他種族との交流はあまり行わず、山の中の国でひっそりと暮らしているのだが、それでも外の世界と交易を行わないと手に入らないものは多い。

そのため国を作るときに掘った山脈を横断するトンネルを拡張して大陸の北部と南部を繋ぐ道を作り、その途中に道を通る他種族と交易をする交易所を開いた。

例の商人のおっちゃんが腕輪を仕入れたのも、ドワーフの国と言っていたがその交易所のはずだ。

しかしそんな交易所にも問題がいくつか存在した。

それはトンネルに入るためには通行料を支払う必要があるのと、ドワーフ王国による荷物の検閲《けんえつ》を受けることが義務づけられていることであった。

「でも中には、検問とか通したくない代物を扱いたいってドワーフもいてね」

そういったドワーフたちが密かに作り上げたのが、モグラの横穴と呼ばれる地下の密輸路なのである。

そんなわけで、色々と危険なのがこのモグラの横穴なわけだが……リッシュがどうしてそんなものを知っていたのかは、聞かない方が良さそうだったので聞いてはいない。

しかし、ここにモグラの横穴があった以上、チェキを攫った犯人はドワーフと考えていいだろう。

「ここもその密輸路の一つで、たぶんクドゥ村まで続いてるはずだ」

俺はそう言って線路に飛び降りる。

「そしてその密輸路の中を移動するためにドワーフが選んだ手段がコレさ」

レールをつま先でコンコンと叩きながら言葉を続ける。

「この上をトロッコに物や人を乗せて運ぶわけだ」

「トロッコなら村でも木こり組合の人が木を運ぶのに使ってました」

「大商会の倉庫とかでも使われてるよね。でもトロッコって馬より遅いよ？」

彼女たちの言う通り、この世界でも重い荷物を運ぶために、レールを使ったトロッコは使われている。

しかし基本的に人力か、牛のように鈍足《どんそく》でも力のある動物を動力としているため、馬車や馬よりもはるかに遅い。そもそも重量物を積んでいるのだから、あまり速度が出ても危険ではあるのだが。

「もちろん普通のトロッコなら、とてもじゃないが移動手段にはならない。だけど使われているのは普通のトロッコじゃないんだ」

「普通じゃない？」

「ああ。このモグラの横穴だけじゃない。ドワーフ王国で使われているトロッコには、一般には出回っていない『魔導動力』が使われているんだよ。たぶんどこかに予備が……」

俺はそう言って、辺りを見回す。

そして線路の奥の方に、整備用なのか予備なのか、トロッコが一台置いてあるのを見つけた。

その予備のトロッコを引っ張ってきた俺は、動かせるかどうかを確認しながら、二人に魔導動力について説明する。

「魔導動力ってのは、簡単に言えば牛や馬の代わりに魔力を使って、馬車やトロッコを動かす魔道具のことさ……といっても、実は魔導動力自体は王国でも研究されている技術で、ドワーフだけが使えるものじゃないんだが」

「そうなんですか？」

「ああ。だけど問題があって普及はしてないんだよ」

俺は貴族時代に一度だけ、父の視察に付いていった先で、研究中の魔導動力機を見たことがある。

そこにあったのは……大きな部屋の半分を埋め尽くす魔導回路と、大量に並んだ魔石、そしてその魔石の前に並ぶ幾人もの魔法使いの姿だった。

「今の王国の魔導技術だと、馬車一台を引っ張るために、十人くらいの魔法使いが常に魔力を魔導機関に送り続けなきゃならない」

「十人……それも動かしてる間ずっと魔力が必要なら、すぐに魔力切れになっちゃうじゃん」

「ああ、グラッサの言う通り。つまりそこまでするなら、直接魔法で追い風を起こしたり、馬に回復魔法《ヒール》をかけ続けたりした方が効率的なんだ」

そう、まさに効率が問題なのである。

魔力を動力へ変換する場合、魔導回路を魔石と触媒《しょくばい》に刻み込む必要があるのだが、その回路を魔力が通過する際に、多大なロスが発生してしまう。

現状ではあまりに効率が悪いし装置自体も大きいこともあって、魔導動力は未だに普及出来る域に達してない。

「だけどドワーフの作ったこの魔導動力は、その問題を全て解決してるんだよ」

俺はトロッコの横に取り付けられた箱状の装置の蓋《ふた》を開け、その中にある魔石に魔力を少しだけ流し込む。この装置こそ、魔導トロッコの心臓部である魔導動力機だ。

魔石から魔導回路で繋がっている板状の何かが、赤い、揺らめく淡《あわ》い光を浮かべる。

「あっ、光った」

「綺麗」

グラッサとニッカがそう声を上げる。

しかし俺が流し込んだ魔力が微量だったために、すぐにその光は消え去ってしまった。

「これが何かわかる？」

「魔導回路でしょ？」

「そうじゃなくて、これが何で出来てるかってことさ」

俺は魔石の奥にある魔導回路が刻み込まれた板を指さしてもう一度尋ねる。

すると首を捻るグラッサの横で、ニッカが可愛らしく手を挙げた。

「もしかして、グラッサの腕輪と同じヒヒロイカネでしょうか」

「正解だ」

俺はもう一度魔力を、今度は少し多めに流し込む。

すると先ほどよりも一段と鮮やかに、板が赤く揺らめいた光を放った。

「コレと一緒？」

グラッサが自らの腕に嵌まった腕輪と光を放つ板を交互に見比べる。

「こうすればいいのかな？」

そして魔力を流し込んだのだろう、手首に嵌まった腕輪が、赤く輝きを放ち出した。

「ほんとだ……あっ」

「どうした？」

「今少しだけまたチェキと繋がったんだけど、すぐに切れちゃった」

「切れた？」

「それって腕輪が犯人にバレて奪われたってこと？」

俺が首を傾げ、ニッカがそう尋ねると、グラッサは首を横に振った。

「ううん。そんな感じじゃなくて、森の中みたいな景色が見えて、歩いてる感じがするなって思ったら、それがだんだん薄《うす》くなって消えちゃったんだ」

「森というと、クドゥ村から別の場所に移動してる最中なのかもしれないな」

その結果、誓約の腕輪が繋がる範囲外に行ってしまったのかもしれない。

だとすると、悠長なことはしてられない。

「これ以上離れすぎると、チェキを見つけられなくなるかもな」

「大変！」

「急がなきゃ。あたしたちも手伝うよ！」

俺たちは急いで足回りと魔導動力機に問題がないことを確かめ、魔導トロッコに乗り込み魔導回路を起動させた。

「――うわわわわっ」

「この魔導トロッコって、馬車よりずっと速いですね」

「そうだろ。まぁ俺も乗るのは初めてなんだけど」

走り始めた魔導トロッコは、俺の予想以上に速度が出ていた。

だが、かなりのスピードを出しているというのに、あまり危険を感じることもない。

というのも、ドワーフの技術と土魔法によって造られた洞窟は完璧に整備されていて、落石一つなく、線路も歪んでいないため振動も揺れも思ったよりなかったからである。

「待っててね……チェキ」

「必ず助けてあげるから」

俺は祈るように前を見つめる二人の背中を見ながら、魔導回路を制御し続けたのだった。


急いでトロッコを走らせたものの、結局俺たちがクドゥ村に着いたときには既に深夜だった。

家々の明かりも既に消え、村人はとっくに眠りについている。

「常に臨戦態勢になってる前線でもないから、見回りもいなさそうだな」

モグラの横穴の出口は町外れの水車小屋の中にあった。

グラッサが言うには、最初にチェキの心を感じたときに見えた景色は、この水車小屋の窓から見えたもので間違いないらしい。

たぶんドワーフたちはここに着いたあと、暗くなるまでこの場所で身を潜めていたに違いない。

「グラッサ。もう一度チェキの居場所を見てくれないか？」

「いいよ。ちょっと待って」

トロッコに乗る前は距離が離れすぎたのか、誓約の腕輪の力が途中で切れてしまった。

だがクドゥ村まで来た今なら、また通じるようになっているかもしれない。

「……」

「わかった？」

「うーん、もう少し……」

グラッサの腕輪が赤く光を放ち揺らめいているのを見ると、力は発動されているようだ。

だが、当の彼女は眉を寄せたまま難しい顔を崩さない。

「っはぁあ。駄目だよ、繋がんない」

結局は繋ぐことは出来ず、大きく息を吐いて大の字に寝転んでしまった。

「もしかして、また別のモグラの横穴で遠くに行っちゃったんでしょうか？」

「かもしれないな。だとするとグラッサが見た森の中に次の『駅』があるってことになる」

「トーアさん。これからどうしましょう」

ニッカは僅かな星明かりで照らされただけの暗い窓の外を見ながら、不安そうに呟く。

せめて月が出ていれば動きやすいのだが、今日は運悪く新月のようで空に月は見えない。

「暗視魔法《ナイトビジョン》を使えば森にも行けなくもないとは思うんだが……」

俺は記憶の中の大陸地図を思い浮かべる。

クドゥ村はプレアソール王国の北端に近い場所に存在する。

大陸を南北に分かつティーニック山脈からは少し離れていて、平地も多く川も近くにあるため、非常に農作が盛んな村だ。

そんな村と山脈の間にあるのが、ドワーフたちが入り込んだと思われる、『獣の森』と呼ばれる大森林である。

獣の森は王国の北北西から北西まで広がっており、王国内に存在するいくつかの森林地帯の中でも一番大きく、そして深い。

つまりそれだけ危険があるということだ。

「いや、やはり日が昇るのを待とう」

俺一人なら問題はない。

だがニッカとグラッサを守りながら獣の森を進むのは、あまりに危険すぎる。

「すぐに動かなくても大丈夫でしょうか？」

「グラッサが感じた内容からするとドワーフたちも別にチェキをすぐにどうこうする気はなさそうだしな」

「いえ、チェキのことも心配なのですが……」

心なしかニッカの顔色が青ざめて見える。

いや、実際に顔色が少し悪い。

「あれでしょ。ニッカは『獣人』が怖いんでしょ？」

大の字に寝転んだまま、グラッサが横合いからそう言った。

おかげでニッカが何を不安がっているのかがわかった俺は、なるべく安心させるような声音で
ニッカに向けてこう告げた。

「それこそ大丈夫だ。噂話《うわさばなし》と違って、獣の森に住む獣人は人を捕って食ったりはしないからな」

そう、これから俺たちが目指す獣の森は、その名の通り獣人族と呼ばれる種族が古来住んでおり、
王国とは別の法と秩序《ちつじょ》が存在する魔境なのである。

◆第二章◆

ザザザッ。

「ひっ」

「ちょっとニッカ。しがみつかないでよ。歩きにくいじゃない」

「でも何か音が聞こえたから」

「そりゃ音くらい聞こえるでしょ。本当に臆病《おくびょう》なんだから」

翌朝、村人が起き出す前に、俺たちは森へ入った。

それから森の端である程度空が明るくなるのを待ってから、奥へ進み始める。

最初こそ日の光で明るかった森の中であったが、奥に進み木の密度が高まるにつれて、だんだん暗くなっていく。

といっても、足下を見るには十分な光量はあるので、夜に進むことを思えば楽な道のりだ。

「この辺りはまだ魔力濃度も低いし、魔物はほとんどいないから安心して良いぞ」

「ほとんどってことはいるかもしれないんですよね？」

先ほどからニッカは、森の中から聞こえる物音を聞く度にビクビク怯えてグラッサにしがみついて離れない。

なぜそれほどまでに怖がっているのか……という理由は昨晩聞いていた。

どうやら彼女は幼い頃から、森の中へ入ると獣人に襲われて酷い目に遭うという話を、両親からトラウマレベルで聞かされて育ったらしい。

本人も、子供の頃の話で今はもう克服したと思っていたそうだが、いざ森の中に踏み込むとなると、そのトラウマが舞い戻ってきたようだ。

「きゃあっ」

「もう、なんなのよ！」

「あ、あそこの茂みから何かこっちを見てた気がして」

「どこよ……って、森ウサギじゃない。トーア、あれ捕まえてお昼ご飯のおかずにしようよ」

今は森に入ってから、体感で二時間……実際にはその半分くらいだろうか。

身体強化をかけて歩いているので疲れはあまり感じないが、ニッカが何かある度に立ち止まるのでなかなか先へ進めない。

まぁ、一瞬のミスで命を失うこともある冒険者にとって、臆病であるのは悪いことではない……のだが、さすがに俺もグラッサも、ニッカが怯える度にそれが何かを確認して落ち着かせるということを繰り返すのにも疲れてきた。

「こんなところで獣を狩っても処理に時間がかかるだけだから諦《あきら》めろ」

俺はそんな無駄な問答で足を止めたついでに、地面に手をついて反響振動《エコーバイブレーション》を発動させる。

ドワーフが向かったであろう、森の中にあるモグラの横穴の乗り継ぎ駅。それを探すためである。

「えーっ、森ウサギ美味しいのになぁ。皮も綺麗に剥《は》げば、それなりに高く売れるよ？」

「グラッサ、今度はあっちの草が揺れたっ」

「どうせ蛇《へび》か何かでしょ」

後ろで森に入ってからずっと続いてるやりとりを無視して、跳ね返ってくる反響《エコー》に神経を集中させる。

森の中は街と違って、地下にあるものを探すのが難しい。

それは地下に大きく深く根を張る木々や、そこら中に巣穴を掘る獣や魔物、そして奥に行けば行くほど濃くなる魔力濃度と、そのせいで発生するダンジョンのせいだ。

村から出る前に一度反響振動《エコーバイブレーション》を使い、なんとなく場所の予測を立てていたのだが、正確な場所を特定するには遠すぎた。

なのである程度進む度に反響振動《エコーバイブレーション》で探査を行いながら進んできたのだが――

「……やりすぎたかな」

ザザザッ。

森の中では、風に揺られた木々の葉が擦れ合う音が鳴るのは常だ。

だが、その音の中に、明らかにそれとは違う音が混じり始めていた。

「ひぃぃっ、あそこに何かいるっ」

「またなの？　どうせ猿か何かで……」

俺は地面からゆっくりと手を離し、顔を上げてニッカが指で指し示した木に目を向けた。

「やっぱり呼んでしまったか」

俺はやれやれと立ち上がると、木の枝に立ち、警戒するようにこちらを凝視している男に声をかけることにした。

「お騒がせしてすみません。俺たちは――」

なるべく無害そうでにこやかな笑みを意識して浮かべ、片手を上げてそこまで言いかけたときだった。

シュンッという小さな風切り音と共に、鋭い何かが俺たち三人に向かって、男とは違う方向から複数飛んできたのである。

だがそれは俺の予想範囲内だった。

「……風魔法《ブレシングウィンド》！」

力ある言葉と同時に、俺たち三人を包み込むように風の渦が舞い上がる。

向かってきていた何かは渦に巻き込まれると、風と共に上空へ弾き飛ばされた。

俺はそのうちの一つを、魔法で風をコントロールして手のひらの上にゆっくりと着地させる。

「なにぃっ」

「くっ」

「馬鹿な」

いつの間にか俺たちを取り囲んでいた三人から、驚愕《きょうがく》の声が漏《も》れる。

俺はその三人と木の上にいる奴らのリーダーらしき男から意識を逸らさないようにしつつ、手のひらの上に落ちたものを確認した。

「毒針……いや、獣の毛を加工した針かな？」

十センチほどの長さがある銀色のそれは、どうやら何かの毛を加工して作ったもののようである。

しかし俺が指に少し力を込めても曲がる気配はないほどの硬度で、いったいこれをどうやって作ったのか気になってしまう。

「俺たちには戦う意思もないし、貴方たちの住処を襲おうとか盗みを働こうとか、そんな気もないんだ」

そう一応口にしてみたが、俺たちに向けられる警戒の気配は変わらない。

むしろ、自分たちの攻撃を難なく躱《かわ》し毛針をいじる俺を脅威《きょうい》と感じたのだろう、殺気をはらんだ視線をビシビシ感じる。

「トーアさん……この人たち……」

「獣人だよね？　あまり森の外では見かけないけど……なんかヤバくない？」

二人は突然攻撃されたことに怯えているのが、その声から伝わってきた。

俺はそんな二人に「そこでしばらく動かずにいてくれ。その方が守りやすい」と告げ、リーダーらしき男に向けてもう一度声をかける。

「何度も言うけど、俺たちは貴方たちの敵じゃない。話を聞いてくれないか？」

「……」

しかしその問いかけに対し、男は無言で片手を横に広げ――

「問答無用ってわけね。獣族は脳筋が多いってのは知ってたけど、人の話くらい聞いてくれよなっ」

俺のぼやきと同時に、再び三方から矢が放たれた。

射られた矢は三本。

正確に俺たち三人を目指して飛んでくる。

だが、正確であればあるほど俺には防ぎやすい。

「土壁魔法《ブレシングアースウォール》！」

俺は咄嗟《とっさ》に、後ろの二人を包み込むように土の壁をドーム状に作り出す。

先ほどの毛針と違い、今度は完全に俺たちを殺すつもりでニッカとグラッサめがけ放たれた矢だったが、二本はその土壁に弾かれ地面に落ちた。

獣人たちの攻撃が弓主体であれば、これで防げるはずだ。

「よっと」

そして俺の体の中心めがけて飛んできていた残りの一本を、俺は一歩横に移動して、素手で掴み取った。

「なにぃっ！」

驚きの声は矢を放った当人だろうか。

たしかに高速で飛んでくる矢を素手で掴むなんて芸当を見せられたら、驚くのも仕方がない。

「今度のは毒が塗《ぬ》ってあるみたいだな」

捕まえた矢の鏃《やじり》を見ると、どす黒い液体が塗りつけられている。

実は先ほどの毛針も前半分の部分が濡《ぬ》れていたのだが、あのときの攻撃からは殺気を感じなかったので、たぶん睡眠薬か麻痺《まひ》薬か、俺たちの動きを止めるような薬品だったに違いない。

だが今回の攻撃には明確に殺意が込められていた以上、そんな生ぬるいものではないだろう。

といっても俺は解毒魔法《キュア》を使うことが出来るし、ある程度の毒には耐性が付くように師匠たちに鍛えられている。もちろんニッカたちはそうもいかないだろうが。

「こいつらを片付けるのは簡単だが……」

俺は獣人たちの動きを警戒しながら、次の一手を考える。

全員の命を奪うなら簡単だ。

範囲魔法で周り全てを焼き払うか、氷漬《こおりづ》けにしてしまえばいい。

だがそれは悪手だろう。

俺は別に獣人たちと争うためにやってきたわけじゃないし、そもそも彼らの領域に踏み込んだのはこちらだ。

もしここで死人の一人でも出してしまえば、正当防衛だとしても獣人全てを敵に回すことになる。

そんなことにでもなれば、彼らは一族総出で俺たちを襲い始めるだろう。

俺一人ならまだしも、ニッカたちを守りながらモグラの横穴を探すのは不可能になってしまう。

「とりあえずやってみるか」

俺は獣人たちに気付かれないように、無詠唱で魔法を放った。

とりあえず全員の動きを止めるために、氷魔法《ブレシングフリーズ》で足下を固めてしまおうと考えたのだが――

「やっぱりこの距離だと気付かれちゃうか」

俺が氷魔法《ブレシングフリーズ》を四人の足下に同時に発動させた瞬間、彼らはすぐさま元いた場所から飛び退き、木陰に身を隠したのである。

「そんな魔法が我々に効くわけがなかろう」

リーダーの男の声が森にこだまする。

絶妙に計算したのか、うっそうと茂る森の木々に反射し届くその声は、男の居場所を掴ませない。

「試してみただけだよって、危なっ」

俺は小さな声でそう呟きながら、先ほどとは違う方向から撃ち出された矢を紙一重で躱す。

ちょうど次の魔法を準備していたので、魔法で撃ち落とすことが出来なかったのだ。

「不意打ちかよ。卑怯者っ」

俺は先ほどよりも更に小さい、俺自身にしか聞こえないほどの小声で悪態《あくたい》をついた。

といっても先に不意打ちをしたのは俺の方なので、呟いた後少しだけ自己嫌悪する。いくら相手に聞こえないだろう独り言であったとしてもだ。

しかしその独り言に思わぬ反応が返ってきた。

「卑怯者だと!! 貴様らのようにこそこそと人攫いをするような糞《くそ》どもに、卑怯者呼ばわりなどされたくはないっ!!」

それと同時に、今度は四方向から今まで以上に殺意の籠もった荒々しい矢が飛んできた。今までの冷静な狙いとは、明らかに違う。

どうやら俺の呟きが、彼らの怒りに油を注いでしまったらしい。

それにしても人攫いだと俺たちは思われているのか。

「女の子二人連れてやってくる人攫いなんているわけないだろ」

そうぼやきながらも、俺はギリギリで今度もなんとか矢の雨を避けながら——

「しかし、まぁおかげで良いアイデアが浮かんだよ」

と、その一手を繰り出す準備をするために魔法の準備を始めた。

——さて、獣人の特徴とはなんだろう。

それは俺たち人間族よりも複雑で多様性に富んだ、人種の多さだろう。

人間族やドワーフ族、エルフ族などは細かい差異こそあれ、基本的には同じような特徴と特性を持っている。

しかし獣人族は進化の元となったと思われる動物によって外見から特性まで全てが違っていて、まさに多様性の坩堝《るつぼ》と言える種族だ。

力の強い者、跳躍力《ちょうやくりょく》に優れた者、とんでもない俊敏性《しゅんびん》を持った者。

さて、そんな様々な特性のある獣人たちのうち、俺たちの前に現れたのは、森を警戒する偵察隊なのだろう。

おそらく、俺が使った反響振動《エコーバイブレーション》の細かい響きに気が付いて向かってきたのだ。

そんな彼らの特性はなんだろうか。

俺の魔法を発動直後に気付いて避けられるほどの俊敏さだろうか。正確に俺たちを射貫くことが出来る弓の腕前だろうか。

――いや、違う。

「こそこそ隠れてチマチマ攻撃してくるお前らの方が卑怯者じゃないかな」

俺はもう一度だけ、自分にすら聞こえないほどの小さな声でそう呟いてみた。

「……」

「無駄か。挑発に乗ってくれると助かるんだけどな」

俺はそう、内心とは違う言葉を更に小さい声でわざと口にする。

するとやはり、周囲を囲む全員の殺気が膨れ上がったのを感じた。

つまりそれは、俺の言葉が周りの獣人全員に届いているということに他ならない。

さっきの挑発は、俺自身にすら微かにしか聞こえないほどの声量だった。

しかしこの獣人たちは、それを聞き取れる耳を持っているということだ。

魔力を流し込む反響振動《エコーバイブレーション》も、魔力が地中を流れるときに微かに振動を発しているという。

獣人たちはそれを感じ取り、俺たちの元へやってきたというわけだ。

そして今、奴らは俺の挙動を見逃すまいと、意識を集中しているはず。さっき無詠唱で魔法を放ったから、ますます警戒しているのだろう。

俺は静かに息を吸い込み、体の中の魔力を次に放つ魔法のために制御しながら、タイミングを見計らう。

そんな僅かな動きだけで周囲を取り囲む獣人の気配が変わり、俺に狙い撃たれないように静かに消えていく。

おかげで獣人たちの居場所は完全にわからなくなったが——そんなことは関係ない。

俺が次に放つ魔法は、そもそも彼ら一人一人に向けて準備していたわけではないからだ。

『拡声魔法《ラウンドスピーク》』

口に出さず、無詠唱で魔法を発動させる。

敏感な彼らは、俺が何か魔法を使ったことには感づいているだろう。

そしてそれが何かを確かめるために、耳をそばだてて全神経を集中しているに違いない。

効いてくれよ。

そう願いながら俺は大きく息を吸い込み、腹の奥底から全ての空気を吐き出すつもりで――

「わぁぁぁぁぁぁぁぁぁぁぁぁぁぁぁぁっ!!」

森中に轟《とどろ》きわたれとばかりに、叫び声を上げたのだった。


「いったい何をすれば、こんなことになるんですか」

「叫び声が聞こえたから、トーアがやられちゃったのかと思ったよ」

呆れたように言うニッカとグラッサにそう言われ、俺は反省する。

「やりすぎてしまった……」

聴覚に優れた獣人たちを俺の挙動に集中させ、不意打ちで大音量の叫び声を発する。

そんな俺の作戦の効果は抜群だった。

直後、悲鳴にならない声と、何かが枝を折りながら落下するような音が、四方から聞こえたのだ。

そして現在俺の前には、地面に落下したらしい、気絶した獣人たち四人の姿があった。

鼓膜《こまく》でも破れたのだろうか、全員耳から血を流しており、そのうちの二人には手足の骨折もあった。更にリーダーらしき男は、耳だけでなく目からも血が流れている。

その姿を一目見た俺は、慌ててニッカとグラッサを囲っていた土壁魔法《ブレシングアースウォール》を解除。

中でうずくまって抱き合っていた二人に手伝ってもらいながら、急いで獣人たちの介抱をすることにした。

特に危篤に見えたリーダーの男は、普通の回復魔法《ヒール》や回復ポーションでは治るようには思えなかったので、ニッカの再生魔法《リザレクション》に任せ、俺とグラッサは残りの三人の回復に回ることにした。

「先に手足縛っとく？」

「いや、すぐに気が付くことはなさそうだから、このまま回復ポーションを飲ませよう」

「わかった」

俺は収納から、なるべく効果の高そうな回復ポーションを二本取り出すと、グラッサに一本手渡す。

たしか鼓膜は自然治癒するはずなので、自己治癒能力を引き上げることで回復させる仕組みの回復ポーションでも十分治療は可能だ。

「トーア、水出してこの布を濡らしてよ」

グラッサが獣人の服を引き裂いて布を作り、俺に差し出してきた。

「水魔法《ブレシングウォーター》――これくらいでいいか？」

「十分よ」

グラッサは濡れた布を軽く絞って、獣人たちの耳から流れ出た血を拭う。

俺からすればポーションだけ飲ませて、あとは放置でかまわないと思うのだが。

「トーアはそっちの人をお願い」

「あ、ああ」

仕方なく俺もグラッサと同じように獣人の服を切り裂く。

「あ」

「どうしたのよ……って、そっちはあたしがやるから、トーアはもう一人の男の方をやって！」

俺は引き裂いた布を水魔法《ブレシングウォーター》で濡らし、目の前の獣人女性から目を逸らしつつグラッサに後を任せた。

「まさか女獣人だなんて思わないだろ」

獣人族の中には見かけだけでは男女の区別が付かない者もいる。

そんな話は聞いたことがあった。

特に獣の特徴が強いタイプの獣人は、俺たちからすると二足歩行する動物にしか見えず、一見しての性別の判断は専門家でもなければ難しい。

「全員が人間っぽい姿に猫耳とかうさ耳とか犬耳とか程度だったら見分けが付くんだけどな」

俺がぼやいた通り、耳や尻尾《しっぽ》以外は普通の人間に見える獣人もいるにはいるそうなのだが、今回襲ってきた四人はほとんど獣に近く、全身毛むくじゃらで性別なんてわかるはずもなかった。

ともかく、俺は一番軽傷な獣人を、今度はきちんと男であることを確認してから服を引き裂いて、同じように血を拭いポーションを飲ませる。全身毛だらけで怪我も顔色もよく見えないので、回復度合いがわからないのも厄介だ。

「とりあえず縛っておこう」

いきなり目覚めて暴れられても困るので、収納から取り出したワイヤー入りの縄で手首と足首を縛る。

これであれば、人間族よりも力のが強い獣人であっても簡単には切れないだろう。

俺は流れ作業のように、最初にグラッサが顔を拭いてポーションを飲ませていたもう一人の獣人も同じように縛る。

さすが高級ポーション、折れた骨は既にあらかた回復しているように見えた。

「添え木とかしなくてもおかしな治り方をしないのは不思議だけど、ありがたいな」

前世の世界だと、骨を元通りに直すには、位置と形を固定しなければならなかった。

だけどこの世界の回復ポーションや魔法は、どういう仕組みかはわからないがその必要がない。

男獣人二人を縛り終えた俺は、縄が外れないかを確かめてから、背中を向けたままグラッサに声をかける。

「グラッサ、そっちは終わったかい？」

「もう大丈夫。こっちも縛っちゃって。私はニッカの手伝いしてくるから」

「了解だ」

女獣人を横たえてからニッカの元へ駆けていくグラッサを見送りながら、俺は女獣人に近寄る。

無造作に引きちぎってしまった服は、グラッサが上手く修復してくれていたので、俺が見ても問題ないようになっていた。

「縛り方も注意しないと、またグラッサに変な目で見られそうだな」

俺はそんなことをぼやきながら、収納から取り出したワイヤー入りの縄を使って女獣人を縛った。

それからしばらくすると、獣人たち四人は目を覚ました。

ただ、そのうちの二人――リーダーと思われる男獣人と、女獣人以外の二人は目が覚めた途端に大暴れして、とてもではないが話は出来なさそうだった。

なのでもう一度気絶させてから、近くにあった大木に、何重もワイヤー入りの縄を使って縛り付けておいた。

というわけで、残るリーダーらしき男と、女獣人に話を聞くことにした。

「――つまり貴様らは獣人を攫いに来たわけではなく、むしろ攫われた身内を追ってやってきたということなのだな」

そう言って頷くリーダーの男の名前はヴェッツオ。

未だにニッカの治療を受けているが、とりあえず無事に回復しそうでホッとしながら、俺は彼の言葉に答える。

「最初からそう言ってるだろ」

「そうだったか？」

見かけは犬系――たぶんオオカミ獣人っぽいヴェッツオだが、鳥獣人かと思うくらいの鳥頭であった。いや、鳥獣人が鳥頭なのかどうかは知らないけど。

「トーアさん。チェキのことは言ってなかったと思います」

「……そうだっけ？　でも仮にそうだとしても、人攫いじゃないとは言ったはずだぞ。まぁそもそもそっちはこっちの話を聞く気もなさそうだったけど」

「だよねー」

グラッサが軽い調子で同意する。

ちなみに今俺たちは、魔法で作った土の椅子《いす》に座って話をしているのだが、ヴェッツオと女獣人――ルミソラは、万が一を考えて手足を椅子に備えつけた枷《かせ》で拘束してある。まるで拷問《ごうもん》椅子のようだが、もちろん棘《とげ》がついているわけでもないし、電気が流れるわけでもない。

「それについては謝るわ。私たちも仲間を何人も攫われて余裕がなかったの……特にヴェッツオは妹さんが半年ほど前に攫われちゃってて」

ルミソラが申し訳なさそうにそう言う。

「妹さんが……」

「あれほど森の外周には近寄るなと言い聞かせていたというのに。俺が病なぞにかかってしまったせいでっ」

心底悔しそうに語るヴェッツオ。

詳しく話を聞くと、彼が病に倒れている間に、彼の妹は特効薬である薬草を探しに出かけ、人攫いに連れ去られたらしい。

運悪くその日は大雨であったため、匂いや音、そして振動に敏感な獣人族であっても人攫いが入り込んだことに気が付けなかったようだ。

いいや、運悪くではなく確実にそういう時を選んで人攫いどもは森に入り込んできたのだろう。

「ヴェッツオ……あなたのせいではないわ」

「そうよ。悪いのは全部その人攫いのせいよ」

「私もそう思います」

女性三人は、ヴェッツオを慰《なぐさ》めようと声を上げた。

だがそういう話ではないのだ、彼にとっては。

「……くっ……」

守るべき者を守れなかった。

そしてその原因の一端が自分にある。

それだけで彼は自分が許せない。

俺は一人、慰めの言葉を口にすることなく、ヴェッツオの心が落ち着くまで……彼の強く握りしめた拳《こぶし》から流れ出る血が止まるまで待つことにしたのだった。

「……その人攫いってのは、最近現れ始めたのかい？」

ヴェッツオが落ち着いた頃を見計らい、俺は話を再開させた。

「最初は一年ほど前だった。それまで我らの森に入ってくる他種族はドワーフくらいでな」

「人間族とは何度か戦をしたことがあってね、それ以来ほとんど交流がないというか、お互い不干渉でいましょうって話になっているのよ」

俺はよく知らないが、王国がまだ大陸の南半分を治める以前、この森の周りにもいくつかの国が存在していた。小国だった頃はそれぞれの国力も高くなく、獣の森の獣人と争おうなどと思う国はいなかったらしい。

だが南部で王国が勢力を広げ、小さな国々を平定していった頃、それに対抗すべく北側の国々も同盟を組むようになった。

やがてそれはいくつかの国の連邦となり、反プレアソール王国の旗頭となったのだが……その頃からその国は、資源の宝庫である獣の森を狙うようになった。

なんせ大樹海の中にはいくつものダンジョンが点在し、豊富な魔力は強力な魔物を、そして上質な魔物素材を生み出す。

最初こそ、そんな森の資源を狩って売りに来る獣人たちと対等に取引を続けていた連邦国だったが……王国との戦いが劣勢に傾き始めると、ある日突然、中立地帯を抜け、今まで不可侵だった森の奥へ軍隊を送り込んで来たのだという。

獣人というのは一人一人は人間族より強いが、当時は小さなコミュニティが無数にあるような状況で、纏まった戦力ではなかった。

連邦国軍はそれを調べ上げた上で、各個撃破を進めていったという。

しかし最初こそ圧倒的な数を前に連戦連敗の獣人たちだったが、そこからバラバラだった種族が集まり、それぞれの得意分野で作業分担して獣人軍を作り上げたそうだ。

纏まった獣人たちに、森の中で人間が勝てるはずがない。連邦国軍は惨敗に次ぐ惨敗、敗走に次ぐ敗走を繰り返すことになった。

結果、大きく国力を落としてしまった連邦国は、王国軍との戦でも劣勢に立たされ、遂に滅んだ。

その後、連邦国を吸収した王国は、未だ残る反抗勢力との戦いのために獣人たちと不可侵条約を結び、今に至っているのだ。

「もちろん、完全に交流がないというわけでもないのだがな。それでも森の奥までは入ってこないという契約《けいやく》は未だ残っているはずなのだが」

なので彼らも油断していたという。

最初に行方不明になったのは若い獣人の男だった。

森の外周部にしか生えないキノコを採りに行くと出て行ったまま、帰らなかったのである。

しかし最初は、彼がいなくなったのが攫われたからだと考える者は少なかった。

なぜなら、彼は常々《つねづね》、森から出て他の世界を見たいと口走っていたからである。

「この森の住む獣人は、部族の長《おさ》か獣人族を纏める長老会が認めた強者以外は、森の外へ出るのを禁じられているのだ」

人間族の領地と獣人族の領地は明確に分かれてはいないらしいが、なるべくお互いの地へお互いが出向くことはしない。

そういう決まりになっているらしい。

「それでも時々、そんな慣習を嫌って森の外へ出て行く若い人もいるの」

閉鎖的な集団から抜け出したくなる若者。

それ自体はよく聞く話だ。

「そういうことは昔からよくあるの？」

グラッサの問いに、ヴェッツオは苦笑する。

「何年かに一人か二人、そういう掟《おきて》を破る者が出ている……まぁ、自分も昔は外の世界に憧れたからな。わからんでもないのだ」

「それが『攫われた』とわかったのはなぜ？」

「二人目……人間族の領地に近い村に住む娘が攫われたからだ」

事件は最初の男がいなくなって、それほど遠くない時期に起こった。

その日、攫われたという彼女は、同じ集落の友達と二人で、村から少し離れた川辺に花や薬草を摘みに出かけたのだという。

彼女と一緒に出かけた娘の証言によると、目的地にたどり着いたのは昼前くらい。二人で採取を始めて、目標量を採り終わったのはまだ日が高い時間であった。

しばらく休憩《きゅうけい》してから集落に帰ろうと決めた二人は、川辺で跳ねる魚を見ながらしばらく他愛のない話をしていたのだが——

「そのうち一人が別の意味での花摘みに森の中へ向かって、そのまま行方不明……か」

「ああ。しばらく待っても帰ってこないからと探しに行ったらしいが見つからずに、慌てて集落に戻ってそのことを伝えたらしい」

やがて日も落ちる頃に現場にたどり着いた集落の人たちは、全員で彼女を探した。

しかし森の中のどこにも、彼女どころかその匂いもほとんど残っていなかったという。

「捜索隊の中には、数日後でも匂いを辿《たど》れる者もいたというのに、手がかりは全くなかったのだ」

「その状況だと、前の男獣人とは完全に違って本人が自分で行方をくらます理由はないもんな」

「もちろん。彼女に森の外への憧れなどなかったことは確認している」

さすがにこれは何かがおかしいと、集落の有志が他の集落と連絡を取り合うと、どうやら最初の男獣人の件も、実は状況が近かったことがわかった。

いくら外の世界に行きたいと言っていた者であっても、本当に外の世界に行ったのかはわからない。もしかするとどこかで獣や魔物にでも後れを取って怪我をして動けなくなっているだけかもしれない。

なので男の集落でも男の捜索は行われたが、同じように追跡が得意な者でも途中から男の足取りが掴めなくなってしまったのだそうだ。

本来ならそこで異常に気が付くべきだったが、獣人たちは悪い意味で平和ボケをしていた。

「結局この二人の件は、長老会まで上げられることはなかった。そのせいで三番目の……俺の妹が攫われる事件が起こってしまった」

短い期間に三人も行方不明者が出るなどさすがに異常だ。

そのうち二人は行方をくらます理由がなかったことで、さすがに獣人族全体も動き出したという。

しかし動き出したといっても攫ったであろう犯人が何者かはわからない。どこへ連れていかれたのかも不明だ。

人間族の仕業だと決めつける証拠もない以上、王国へ物申すわけにもいかなかった。

なので彼らは、森へ忍び込んでくるであろう犯人を捕まえようと、気配を察することが得意な獣人を集め、いくつもの集団を作って獣の森全体に警戒網を敷いているのだという。

「……そんな中にノコノコと俺たちが入り込んできたってわけか」

「そうだ。しかも怪しい行動を何度も繰り返してな。疑うなという方が難しいだろう」

「それでも話くらいは聞いてほしかったけどな……じゃあ、今度はこっちの番だ」

俺は一つため息をつくと、チェキが攫われた話と、この森にやってきた経緯を、ヴェッツオに話して聞かせた。もちろん、犯人がドワーフである確率が高いという情報込みでだ。

「――馬鹿な。ドワーフが人攫いをするなど聞いたことがない」

「でも事実なんだ」

信じられないといった表情のヴェッツオたちに、グラッサが追い打ちをかけるように口を開く。

「もしかすると獣人を攫ったのもドワーフかもしれないよ。だってドワーフはこの森を自由に通れるんだよね？」

「ああ、彼らの通行を我らは邪魔しない。彼らと獣人族はかつての戦争で協力して以来、お互いに親密な関係を築いてきたからな」

獣人族と連邦との戦争のときに、獣人族に武器や防具を提供したのがドワーフ族であったらしい。

獣の森は、ドワーフ族の国がある山脈と連邦があった平野との間に存在する、いわば緩衝地帯でもある。

ドワーフたちは人間族と直接争いはしないいし、昔から決められた場所だけとはいえ交易は続けている。

だがドワーフたちにとって、獣人族は人間族以上に大事な取引相手なのだ。

なぜなら獣人族が住むこの森はダンジョンや魔物の資源が豊富で、ドワーフたちはその資源を常に必要としているからである。

特に人間族と違い獣人族は商売っ気があまりないために、人間族から同じような資源を手に入れる場合より遥かに安価で取引出来るのも大きいようだ。

そういう理由もあり、ドワーフ族の商人は、基本的に獣の森を自由に移動する権利を持っている。

「その権利を悪用して人攫いをしている可能性もないわけじゃない。現にチェキはドワーフに連れ去られてこの森を通っていったんだから」

「しかしそれは人間族の少年のことだろう？　我ら獣人族に、ドワーフが手を出すとは思えない」

「人は攫うのに獣人は攫わない理由なんてあるかよ！」

そうして俺とヴェッツオが犯人について激論をしている最中だった。

「あの……ちょっといいでしょうか？」

俺の服の裾をチョイチョイと引っ張りながら、ニッカが話に割り込んできた。

「もしかしてなんですけど」

「何か気が付いたのかニッカ？」

「えっとですね……王都で私が怪我を治してあげた人たちの中に獣人族の女性がいたんです。覚えてませんか？」

覚えてないわけがない。

ブラックラ商会によって売られた奴隷《どれい》たちを助け、ニッカたちと共に怪我や体力の回復をしてあげたのはつい最近のことだ。

「覚えているよ。たしか指が……」

俺はそこまで口にして、ニッカの能力がバレないように言い直す。

「手に怪我をしていた娘だったたな。犬耳の」

そう、貴族街で助けた奴隷の中には獣人族が幾人かいた。

身体能力の高い獣人は、主に体力的にきつい仕事をさせられている者がほとんどだったが、その中でも人間族に近い見た目の者は……。

俺はその中の一人である、犬耳の女性のことを思い出す。

彼女は所謂《いわゆる》ケモ耳獣人で、耳と尻尾以外は人間族とあまり変わらない見た目をしていたはずだ。

「はい。もしかして、彼女がヴェッツオさんの妹さんなのではないでしょうか？」

たしかにその可能性はある。

奴隷の売買なども記載された裏帳簿《うらちょうぼ》の記録によれば、昔から時々獣人も取引されていたようだが、たしかここ半年ほどで、獣人二人の名前が挙がっていたはずだ。

そしてそのうちの一人は熊系の獣人だった。だとすれば残る一人の犬系獣人である彼女がヴェッツオの妹である可能性が高い。

たしか名前は――

「レンツィア⁉　レンツィアは無事なのかっ‼」

ヴェッツオがそう声を張り上げる。

そうだ、その女獣人は自分のことをレンツィアと名乗っていた。

間違いない。

俺は大きく息を吐くと、椅子に縛られたまま暴れるヴェッツオに、自分たちが救った奴隷たちのことを話すことにした。

ブラックラ商会が、王国では認められていない人身売買組織や取引を禁止されている様々なものを、裏で取り扱っていたこと。紆余曲折《うよきょくせつ》の末、俺たちはその組織と取引相手を潰したこと。売られていった人たちを出来る限り助け出し、俺の兄とその派閥《はばつ》の人々が責任を持って保護していること。

それらをニッカたちの能力をぼかしながら語った。

「その助け出した中に……」

「レンツィアがいたんだな。妹は無事なのか？」

焦り気味に問いかけてくるヴェッツオに、ニッカが落ち着いた口調で返事をする。

「レンツィアさんは大丈夫です。今はトーアさんのお兄さんが大切に保護しているはずです」

「そうか。無事か……良かった」

俺はあえて口を挟まず、目尻に涙を浮かべながら妹の無事を喜ぶヴェッツオと、ホッとした表情のルソミラを見ていた。

ニッカの能力《スキル》のおかげで、レンツィアは健康体にはなった。

しかし心の傷は再生魔法《リザレクション》では治せない。

獣人族の特性なのか、同じように扱われていた人間に比べると心の回復は見違えるほど早かったが、だからといって安心出来るわけもない。

心のケアについては俺は専門外だ。

なので兄が派閥の力で集めてくれた専門家たちに全て託してきたが、それが功を奏するのを祈るだけしか出来ない。

とにかく俺は、ヴェッツオを安心させるように言う。

「今はまだ王都がゴタゴタしているみたいだからすぐにとは約束出来ないけど、近いうちに兄がきちんと全員をこの森まで送り届けてくれるはずさ」

「無事ならそれでいい。長にもそう伝えよう」

「お願いするよ。それで今度はこっちの話なんだけど――」

王都での話が一段落したところで、で次に俺たちがどうしてこの森までやってきたのかを詳しく話す。

すると二人の獣人は素直な感想を口にした。

「さっきも言ったが、ドワーフが人攫いとは信じられんな」

「穴を掘ることとモノを作ること、あとはお酒を飲むこと以外に興味がないあの種族が人間を攫う理由がわからないわ」

大概《たいがい》な言われようだが、俺の認識もあまり違わない。

だからこそそんなドワーフ族がチェキという旅人を攫う理由がわからない……いや、一つだけ思い当たることがないわけではないのだが。

「どうしてチェキが攫われたのかを考えたけど、どうにも決定打は思いつかなくてね。もしかしたら、誓約の腕輪を取り戻しに来たのかとも思ったんだけど」

あの腕輪の材料はヒヒロイカネ。ドワーフ族としても貴重な金属のはずだ。

だからそもそも商人の手に腕輪が渡ったこと自体が何かの間違いで、それを取り戻すために購入したチェキを攫ったのではないか？

そんなことを考えてみたりもしたのだが、それなら腕輪だけ奪えばいい話だろう。

別に誓約の腕輪は呪いの装備ではないのだから、脱着は可能だからだ。

「ふむ。ではやはりドワーフどもは、そのチェキとやら本人を狙って攫ったのは間違いないということだろうな」

「だろうな。そもそも俺たちもチェキとは同じ宿屋に偶然泊まったってだけで、彼のことは何も知らないわけだから、何か理由があっても推測することも出来ないし」

というか、俺はチェキと会ってすらいないわけだが。

今は攫われた理由を考えるより、彼を救出することだけ考えた方がいい。

「ふむ。だからお前らはおかしな方法でそのモグラの横穴とやらを探していたというわけか」

「おかしな……たしかに知らない人から見るとそうかもしれないけど」

そんなヴェッツオと俺のやり取りに苦笑しつつ、ルミソラが尋ねてくる。

「それでそのモグラの横穴は見つかったのかしら？」

「大体の方向は掴めてるけど、まだ確実な場所まではわからない。なんせ森の中は地下も障害物が多くてね」

「ならばここからは、我らも一緒にモグラの横穴とやらを探すことにしよう」

「いいのか？」

「いいも何も、先ほどまでの話からすると、ドワーフどもが我々を裏切って同胞を攫い、人間族に売り渡していた可能性もあるのだろう？」

あくまで可能性でしかないが、ドワーフ族であれば獣人族に警戒されずに行えることは確かだ。

「確実にドワーフが関わっていたとは言えないけど、チェキに関してはほぼ確実に犯人はドワーフだろうからね」

とにかく今は、チェキを攫った犯人を捕まえて彼を取り戻すことが先決だ。

そしてそのために、獣人族という強い味方を得たことを今は喜ぼう。

「じゃあまずはモグラの横穴を探し出して犯人を追いかけようじゃないか」


「まさかこんなところにドワーフの抜け道があったとはな」

反響振動《エコーバイブレーション》で目算を付けた方向に進み、たどり着いた先。

そこにはひときわ巨大な大木――の残骸《ざんがい》があった。

森の中にぽっかりと空が広がったその場所には、かつて『世界樹』と呼ばれるものが存在していたという。

天高く、そして広く枝葉を広げて森の一部を覆い尽くしていたという世界樹だったが、数百年前に突然枯れ、唯一残っているのが目の前の残骸であるらしい。

「これが世界樹ねぇ」

俺は残骸を拳で叩いてみる。

しかし返ってきたのは、まるでコンクリートの壁を叩いたような感触だった。

「完全に石化してるみたいだな」

「本当にこれが木だったんですか？　信じられない」

「それよりもこの大きさが異常よ。大人が百人手を繋いでも周りを囲めないでしょ、これ」

俺が呟く横で、ニッカとグラッサが目を丸くしている。

グラッサの言う通り、残骸の全周は二百メートルくらいはありそうだ。表面も中身もほぼ石化したような状態で、だからこそ腐《くさ》りもしていないのだろうけど。

いったい何があったら、これほどの巨木が突然枯れるのだろうか。

「それはわからん。調べようにも、この世界樹の周りでは獣人族の感覚が不思議と鈍《にぶ》るのでな、誰も近寄りたがらないのだ」

「なるほど。獣人族が近寄らない場所なら、ドワーフたちがここにモグラの横穴の駅を作ったのも納得だ」

他種族が立ち入れない森の奥で、しかも獣人族の敏感な感覚も誤魔化せるのであれば、ここ以外を選ぶ理由はない。

俺は元世界樹らしい大木の根を上ったり下りたりしながら、入口を探した。

なかなか巧妙に隠されているようで、見ただけではわかりそうにない。なので俺たちは手分けして、石化した世界樹をコンコンと叩いて音が変化する場所を探すことにした。

ちなみに一緒に探索に来た獣人はヴェッツオだけで、他の三人は森の長の元へ俺の話を伝えに向かったので、ここにはいない。

森の長は長老会を束ねる者であり、有り体《あてい》に言えばこの獣人国家の王とも言える存在なのだという。

「おいトーア。この辺り、何か怪しいぞ」

すると少し離れた場所を調べていたヴェッツオが俺を呼んだ。

「どこよ？」

「まったくわかりませんね」

声を聞いてやってきたニッカたちは、俺と共にヴェッツオの指し示す辺りを見て疑問を口にした。

たしかに彼が示す場所には、一見すると他の場所と同じく入口らしきものは何もない。

だが、俺はドワーフたちの技術力を知っている。

「ちょっと調べてみるか」

「頼んだ」

ヴェッツオが退いた場所に俺は進み出ると、目の前の壁に手を当てる。

「反響振動《エコーバイブレーション》」

森に入ってから無数に発した魔法。その反響《エコー》に意識を集中させる。

広い範囲を調べる必要はない。目の前の隠し扉の構造が大雑把《おおざっぱ》にでもわかればいいのだ。

「ここか」

俺は返ってきた反響から仕掛けがある場所を特定すると、そこに手のひらを押しつけた。

そして押しつけた状態のまま、ゆっくりと手首を捻っていく。

「ええっ、そんなところが回るんですか⁉」

「周りと一緒になってて全然わからなかったよ」

「繋ぎ目も全くわからないとはな」

ニッカとグラッサ、ヴェッツオが口々にそう言う中、周囲と同化したノブを半周させる。

――かちゃっ。

微かな音と共に、今までは全く見えなかった扉の繋ぎ目が浮かび上がり、ゆっくりと奥へ開いていく。

「まるで魔法だな」

「中に部屋がありますよ。家具もある」

「色んなものが置いてあるし、休憩所に使ってるみたいだね」

世界樹の残骸をくり抜いて作られたその場所は、予想より広い空間だった。

平屋の家くらいの大きさがあるその部屋の中には、ここでしばらく暮らすことが出来そうなくらいのものが置いてあり、ロッホの隠れ家と違い生活感を感じる。

そんな部屋の奥に、地下へと続く階段があった。あの先が駅になっているのだろう、

「グラッサ。腕輪でもう一度チェキの様子を探ってくれないか」

物珍しそうに部屋の中を見ているグラッサに、俺はそう声をかける。

「うん、わかった。ちょっと待ってね」

グラッサは元気よく答えると、集中するために目を閉じる。

それにあわせて、ヒヒロイカネの腕輪がぼんやりと赤い光を放ちだし——

しかしその光はしばらくすると消えてしまい、元の不格好な腕輪に戻ってしまった。

「どうだったの？」

「駄目みたい……」

「やっぱりまだ距離が遠いか」

ニッカに聞かれ肩を落としていたグラッサは、俺の問いに首を横に振る。

「ううん、それもあるかもしれないけど、なんか今までと違う感じで、繋がる気配もないっていうか……この前は、繋がらなくても繋がりそうな感じはあったのに」

グラッサはそう口にすると、もう一度目を閉じ意識を集中させる。

だが結果は同じで、すぐに光は消えてしまった。

「やっぱり駄目だぁ……もしかしてもうチェキは……」

そんなグラッサの呟きと共に、部屋の中に暗澹《あんたん》とした空気が流れた。

腕輪が反応しないのはチェキが殺されたからだと、グラッサはそう思ったのだろう。

だけど、それ以外にもいくつか可能性はある。

例えばチェキの付けている腕輪が、誓約の腕輪であることがドワーフたちにバレた可能性だ。

それが動作しているのを見られたとすれば、奪われていてもおかしくない。

いや、むしろ今更チェキを殺したと考えるより、そっちの方が自然だ。殺すのが目的なら、もっと早く殺しているだろうし。

俺がその考えを伝えると、グラッサもニッカも、ホッとした表情を浮かべる。

しかしそうだとすれば、自分たちを追っている者がいると気付いた可能性が高い。

何にせよ急いだ方が良さそうだ。

「とにかく今はチェキを追うぞ」

俺はモグラの横穴に続く階段に向かいながら、そう口にする。

「うん」

「急ぎましょう」

「俺も付いていくぞ」

四人で階段を下りていくと、予想通り、モグラの横穴のホームがあった。

ロッホの街のホームよりもよく使われているらしく、埃などが積もった様子はない。

また、あちらは単線だったがこちらは複線、つまり二本ずつ四本のレールが洞窟の奥へ続いていた。

しかし大きな問題が一つあった。

「トロッコがないわよ。どうすんの？」

そう、グラッサの言う通り、線路の上に肝心のトロッコがないのである。

「しまったな。こんなことならロッホから乗ってきた魔導トロッコを収納して持ってくれば良かった」

「歩いて行くしかないんじゃないでしょうか」

「もしロッホのときと同じくらいの距離があったら一日二日じゃたどり着かないわよ」

ニッカとグラッサの言葉に頷きつつ、せめて予備の魔導トロッコでもあればと周囲を探してみる。

しかし修理用と思われる部品は見つかったが、動きそうなトロッコはどこにもなかった。

「トーアならこの部品で魔導トロッコを作れるんじゃないの？」

「無茶言うなよ。ただのトロッコなら、車輪とかのパーツもあるし作れるだろうけど、肝心の魔導動力は無理だ」

「じゃあとりあえずトロッコだけ作って、トーアが後ろから押すってどう？」

「身体強化をかければ出来なくもないだろうけど、さすがに魔導トロッコと同じくらいの速度は出せないし、たぶん途中で俺が死ぬ」

そんな会話を続けているときだった。

洞窟の奥の方まで調べに行ってくれていたヴェッツオが帰ってきて、思わぬ言葉を放った。

「それなら俺がトロッコを曳《ひ》こうか？」

「ヴェッツオが？」

「ああ。森にも集落同士を繫ぐトロッコがあってな。俺も何度か曳き手をしたものだ」

「まさか一人でトロッコを引いてたの？」

「当たり前だ。何かおかしいか？」

きょとんと不思議そうに顔を見返すヴェッツオに、「ま、まぁ獣人族って私たちよりも力も強いし足も速いもんね」と目を逸らしながら返事をするグラッサ。

しかしこれで光明は見えてきた。

「お願いしていいのか？　たぶんこの先は――」

「任せておけと言っているだろう。貴様らには迷惑をかけたし恩もある。それにドワーフどもが獣人攫いに関わっているなら他人事《ひとごと》でもないしな」

ドワーフの国に密入国することになる、と言おうとしたところを遮られる。

胸に拳を当てるヴェッツオの瞳《ひとみ》には、決意と共に怒りの炎が見えるようだった。

「わかった。それじゃ急いでトロッコを組み立てるから、二人とも手伝ってくれ」

「もちろんだ」

「任せてよ！」

頼もしいヴェッツオの言葉と、細い腕で無理矢理力こぶを見せつけようとするグラッサに苦笑しつつ、俺は次は自分の番と目を輝かせているニッカにも指示を出す。

「ニッカは……そうだな。誰かが怪我をしたらすぐに治してもらいたいってのと、あとここに食材を置いておくから、休憩のときに食べられるように準備しておいてくれるか？」

「はい、わかりました。力仕事は無理だけど、それなら私もお手伝い出来ます」

ぐっと両手を胸の前で握って、気合いが入った表情になるニッカ。

そして俺は、作業の指示を今か今かと待つ皆に向けて、「さぁ、皆でトロッコを組み上げてチェキを助けに行くぞ！」と告げるのだった。

「風魔法《ブレシングウィンド》、土魔法《ブレシングアース》——火魔法《ブレシングティンダー》で溶接してっと」

「ほほう。器用なもんだな」

「それだけが取り柄なんでね」

次々に組み立てていく俺を見て、部品を持ってくれているヴェッツオが感心したように頷く。

ヴェッツオの力は身体強化をかけた俺より強いので、部品の固定係を頼んでいた。

「トーア、部品の複製出来たよ」

そこへ、グラッサが魔法で複製したパーツを持ってきた。

「魔力は大丈夫か？」

「まだまだ全然平気」

「じゃあこのネジも頼む」

置いてあった数少ない補修部品で一つのトロッコを作ろうとすると自然と部品が足りなくなる。

土魔法で作ることも考えたが、ドワーフの技術で精巧に作られた部品は、少しの違いで上手く嵌まらない可能性があるし、そもそも強度的に心配だ。

そこで俺はグラッサの複製魔法《デュプリケイト》で部品を複製することを思いついた。

ヴェッツオには、誰にも口外しないと約束させたあとに、彼女が複製魔法《デュプリケイト》が使えることを教えた。

短い付き合いだが、彼なら約束を違《たが》えることはないと信じられたからである。

「――ふぅ、こんなもんか」

怪力と複製魔法《デュプリケイト》という二人の能力のおかげで、思ったより早くトロッコは完成した。

もちろん魔導トロッコではなく、動力も何も付いてはいない。

かわりに馬車のように、トロッコの前方には前に突き出した轅《ながえ》が取り付けられていた。

トロッコを曳くヴェッツオの体に取り付けたハーネスと、これを繋ぐかたちになる。

ちなみにハーネスの素材には、以前俺が倒したタウロスの皮を使ったのだが……さすが高ランク魔物の素材、丈夫さは折り紙付きである。

試しに付けてみたヴェッツオの評価も上々で、是非《ぜひ》とも譲《ゆず》ってくれと言われたほどだ。

言い値で買うとまで言われたが、獣人族はあまりお金を持っていないと聞いているのでプレゼントすると言うと――

「そんなわけにはいかん。そうだ、では俺と義兄弟になろうではないか」

などと意味不明なことを言い出す始末。ただ、今は時間がないので、全て終わった後で話をすることにした。

面倒なことになりそうだし、終わるまでに忘れてくれればいいけど。

そんなことを考えながら、俺たちはニッカが準備してくれていた食事を手早く済ませ、トロッコに乗り込んだ。

「しっかり掴まっているんだな」

「一応二人の体は縄でトロッコの床に繋いであるから大丈夫」

ヴェッツオの言葉に、ニッカとグラッサをトロッコに繋いだワイヤー入りロープを確認しつつ答える。

「トーア、お前も振り落とされるなよ？」

「安心しろ。それにアンタが疲れたときには代わってやるからな」

「ふむ。だがお前の出番はきっとないぞ」

「自信満々だね。俺たち三人だけじゃなくトロッコもかなりの重量なのに」

レールの上を進むといっても、総重量はかなりのものだ。

実はトロッコが完成してから、試しに身体強化してから曳いてみたが、俺ではせいぜい一時間連続で曳くのが限界だと感じていた。

しかしヴェッツオは俺の言葉を鼻で笑う。

「ふん、獣人族で一、二を争う走力と力を持つ俺を舐《な》めるなよ！　行くぞっ！」

がこんっ。

ヴェッツオのかけ声と共にトロッコが前に進み出す。

最初はゆっくりと、だが次第に速度が増していく。

「思ったより速いな。これなら魔導エンジンがなくてもそれほど遅れは――」

「ふん。まだまだ本番はこれからだ。しっかり掴まっていろよ！」

「えっ」

ぐんっ。

目の前でトロッコを曳いていたヴェッツオの体が沈み込んだかと思うと、一気に加速して猛烈な圧力が俺たちの体を襲った。

どうやら今まで二足で走っていたのを、四足に切り替えたらしい。

「これは二人にはキツいか」

慌てて俺はトロッコの縁を掴みながら、ニッカたちの様子を確認する。

「なによここここれぇ。はやすぎよぉぉぉ」

「わわわわっ」

二人はしっかりと縄で固定されているおかげで、吹き飛ばされることはなさそうだ。風圧についても、とりあえず喋《しゃべ》れるということは問題はないだろう。

それにしてもこれだけの速度で走っているといいながら、震動も少なく喋ることも出来るということに、ドワーフの技術のとんでもなさを思い知らされる。

俺たちはこれから、そんな技術を持つ奴らのところに飛び込んでいって、チェキを助け出さないといけないわけだ。

「とりあえず二人にはどこかに隠れておいてもらって、俺とヴェッツオで探した方が安全だろうな」

獣の森が王国内でも端の方にあることと、トロッコが向かっている方向を考えると、この線路の終着点は、ドワーフの国だろう。

俺自身は一度も行ったことはないが、内情はある程度知ってはいる。

ドワーフの国は王制の国ではあるが、その王の座は十年に一度代わる。

しかもその新しい王の決め方は、立候補者による作品のお披露目会が行われて、その優勝者に王の座が与えられるという特殊なものだ。

更に、王制を取っているにもかかわらず王としての責務はほとんどないという。

もちろん外交など、国の代表としての仕事は存在するが、ドワーフ王国にとって、王とは一種のステータスでしかない。

彼らにとって一番大事なのは、いかに素晴らしい作品を作って評価されるかであって、権力や金銭は必要最低限あれば良いという考え方らしい。

「この世界は種族ごとに価値観が違いすぎるんだよなぁ。獣人もドワーフもエルフも何を考えているかさっぱりわからない」

「俺たちからすると、人間族の考えもよくわからんがな」

耳のいいヴェッツオには、俺のため息交じりの呟きが聞こえていたらしい。

「だろうね」

「わかるほど付き合いもなかったがな」

そんなことを話しながら、走ること二時間弱。

「……ドワーフの匂いが強くなってきたな」

ヴェッツオが鼻を鳴らしながらそう言う。

どうやら終点が近づいてきたらしい。

「ヴェッツオ。ちょっとずつ速度を緩めてくれないか？」

「了解した。しかし、ドワーフの匂いに別の匂いが混じってるな……これは……よくわからんがお前らが探してる者に違いないだろう」

微妙に歯切れが悪いのが気になったが、とにかくチェキがこの先にいるのは間違いないだろう。

ホームらしきものがある辺りに到着すると、俺はすっかりダウンしてしまったニッカとグラッサの頬をぺちぺちと叩いて目を覚まさせる。

そして、ロッホの市場で買っておいたあるものを、収納から取り出して二人に差し出した。

「それじゃあこのウサギ耳と猫耳のカチューシャを付けてくれ」

「なにこれ」

「トーアさんにこういう趣味《しゅみ》があったなんて意外です」

二人は俺が取り出した変装道具に困惑しながらも受け取ると、それぞれ頭に装備した。

「これでいいウサ？」

「いったいこんなものどこで買ったニャン？」

うさ耳を付けたニッカと猫耳グラッサが、変な語尾を付けて俺に聞いてくる。

正直ドン引きされるかと思ったが、予想外にノリノリの二人に若干俺の方が引きつつ答えた。

「ロッホの市場で見つけてつい……」

「ええっ、アンタいつの間に」

「全然気が付きませんでした」

さすがに語尾はやりすぎと悟ったのか、二人はいつもの口調に戻っていた。

だって仕方ないじゃないか。まさかこの世界で、付け耳カチューシャが売っているとは思わなかったんだから。気になって買ってしまうに決まっている。

でもまさか、それが今になって役に立つとは……あのときの俺、グッジョブ。

「ふむ。それなら獣人族に見えるな。元の耳は髪で隠しておけば、ドワーフたちには気付かれないだろう」

ヴェッツオからもお墨付きが出た。

「こんなので本当にバレない？」

「ああ。ドワーフどもはあまり他種族の見た目を気にしない質《たち》だからな。耳だけ付けていれば、我ら獣人族と勘違いしてくれるだろう」

グラッサの言葉に、ヴェッツオは頷く。

ドワーフ王国の内部に入るには、彼らと交流を持っている獣人族に化けるのが一番安全だろうと考えていたが、やはりこの作戦は正解のようだ。

「……じゃあ俺も変装するか」

俺は収納から、狸《たぬき》っぽい耳のついたカチューシャを取り出して頭の上に嵌める。

ただ俺の場合は、女の子たちのように耳を隠せるほど髪は長くないので、バンダナのようにタオルを頭に巻いて、耳を隠すことにした。

「これでどうだ？」

「トーアさん、かっこいいです！」

「え？　かっこいいというより可愛くない？」

「問題なかろう」

三者三様の言葉に一応満足しつつ、俺は作戦の最終確認を始める。

「最低目標は、チェキを助け出してドワーフ王国を脱出することだ」

簡単に誘拐犯を捕まえられれば一番だ。

ただ、今は十年に一度のお披露目会――つまりドワーフの国の王を決める大会を一月後に控えていて、ドワーフたちが殺気立っている時期でもあるらしい。

なので出来るだけ目立たないように、慎重に行動する必要があるだろう。

「ほんとは二人には安全なところで隠れて待っていてもらいたいんだけどな」

「チェキがこんな目に遭ったのはあたしたちの責任だもん」

「そうです、トーアさん。私たちだってチェキを探す役には立てるはずです」

意気込む二人を俺は止められない。

しかしそれでも、事前にヴェッツオたちからドワーフ国の治安はそれなりに良いと聞かされてなければ認めてなかったろうけど。

「彼奴らは自分の作品以外には基本的に興味はないからな。一応もしものために、我々獣人のフリをしてもらってはいるが、バレたとしてもせいぜい牢屋に放り込まれるくらいだ」

「そんな奴らがどうしてチェキを攫ったんだ？　それに獣人族を人間に売ったりとか」

「言っただろ。あくまで『基本的には』だ。信じたくないことだが、中には悪党もいる」

とにもかくにも、今、俺たちにとって重要なのは原因を知ることではない。

話をしながら一通りの準備を済ませた俺たちは、ヴェッツオを先頭に、駅の脇にあった通路を進み出した。

途中いくつかの部屋らしき扉が通路の左右にあったが、中から人の気配は感じられない。

そのまま進んでいくと、やがて上へ向かう階段までたどり着く。

たぶんこの階段を昇った先がドワーフ王国のはずだ。

「まて」

階段を少し昇ったところでヴェッツオが突然足を止め、俺たちを制する。

「様子がおかしい」

「何か聞こえるのか？」

ヴェッツオの耳はとんでもなく高性能だ。俺たち人間が、魔法で聴力を強化しても聞こえない音すらも聞くことが出来るほどである。

そんなヴェッツオが、階段の上を探るように耳を動かしている。

「わからん。ただなんだか上の方がやけに騒がしい」

「発表会だっけ？　それが近いからじゃない？」

「いや、そんなことではなさそうだ。もう少し上に行けばわかるかもしれないが、警戒していてくれ」

「了解」

ゆっくりと一段ずつ、ヴェッツオは慎重に聞き耳を立てながら階段を昇っていく。

そして二十段ほど上った辺りで、ヴェッツオは足を止めた。

「エルフ……だと」

「エルフ？」

エルフと言えば、プレアソール王国が長年辺境砦を挟んで戦い続けている相手だ。

王国のギルドにいたテオのように、エルフの国を出て暮らしている者もいるが、ごく僅かにすぎない。

特に大陸を二分するティーニック山脈より南部では、ほとんどその姿を見ることはない。南部を支配するプレアソール王国と敵対しているからというのもあるが、古くから諍《いさか》いの絶えないドワーフ族という宿敵が山脈に居座っているというのが大きい。

「ああ、どうやらドワーフ王国の中にエルフが入り込んでいたことが発覚したらしく、上では大騒ぎになっているようだ」

慎重に階段を上っていくと、やがて俺たちにも街のざわめきを感じられるようになっていった。

そしてそれが不安を含んだような空気だということも察せられる。

階段の終点は、いつものようにどこかの建物の床下に繋がっていたようで、外に人の気配がないことを確認した俺たちは、床板を開く仕掛けを操作する。

「エルフとドワーフの戦争でも始まるかのような雰囲気ですね」

「とりあえず俺たちの目標はエルフじゃなくチェキだからな」

「わかってるわよ」

不安そうなニッカと、どこか緊張《きんちょう》したように答えるグラッサに頷きつつ、俺たちは通路から出る。

そこは小さな物置のような場所で、窓はなく扉が一つだけ。あとはたぶん横穴への入口を誤魔化すために置かれただけの雑多な木箱くらいしかない。

「どこかの家の物置かな」

俺たちは扉の向こうにも誰もいないことを確認してから、その物置を出る。

物置の外はごく普通の民家で、誰かがここで暮らしている様子だった。

間違いなく、横穴を利用している組織の構成員だろうが、その姿は見当たらない。

当初の計画では、そいつを捕まえてチェキの行方を吐かせるつもりだったが……それが無理なら次のプランに移行するしかない。

「さて、どうする？」

「事前に話したように、近くの人に聞き込みをするしかないだろうな」

ヴェッツオの質問にそう答えると、ニッカとグラッサも頷く。

予定では俺たちは二手に分かれて聞き込みをすることになっている。

一方は俺とニッカ、もう一方はヴェッツオとグラッサのコンビである。この組み合わせなら、大抵の危険は危険にもならない。

「じゃあ俺は左の方、ヴェッツオたちは反対側を頼む」

「任せて」

「頑張ります！」

最終確認をすると、気合いが入った表情のニッカとグラッサが元気よく返事をした。

だが――

「ヴェッツオ？」

ただ一人、彼だけが俺の方ではなく玄関を睨《にら》み付けていた。

「――囲まれている」

「えっ、そんな気配は……」

「油断した。ドワーフどもは俺たちの知らない技術をいくつも持っている。たぶん、気配を消す魔道具か何かを使っているんだろう」

俺ならともかく、ヴェッツオの感覚すら誤魔化すような魔道具なんてあるとは信じられない。

だがドワーフは、魔導機関や誓約の指輪のような、他の種族が作ることが出来ない魔道具を発明する種族だ。それくらいのものを作っていてもおかしくはない。

「横穴に逃げるよう」

「いや、もう間に合わん。構えろトーア！」

バンッ！

ヴェッツオが言葉を言い終えるか終えないかのうちに、目の前の扉が大きな音と共に蹴破られた。

それと同時に、他の部屋からも窓が割れる音が激しく響く。

「くっ、防御結《シールドマジッ》――」

ババババッ。

咄嗟に俺は、短時間だが物理と魔法を同時にある程度防御出来る防御結界《シールドマジック》を発動しようとする。

しかしそれより先に、四方から投げ込まれた何かが破裂し、激しい閃光《せんこう》と音をまき散らした。

まさかこんな異世界でスタングレネードを喰《く》らわされるなんて、完全に予想外だった。

一瞬にして奪われた視覚と聴覚。

俺はその場で動けなくなってしまう。

「賊の中に獣人族がいるぞ！」

「なるほど、エルフの潜入に獣人が関わっていたなら簡単に侵入されるわけだ」

「他の部屋には誰もいませんでした」

どうやらギリギリ、不完全ではあるが防御結界《シールドマジック》の発動が間に合ったらしい。

微かに周りの声が耳に入ってくる。

どうやら俺たちは、潜入したというエルフを手引きした一味だと思われているらしい。

冤罪《えんざい》だと叫びたくても、ぐらんぐらんと揺れる意識の中ではそんなことも出来ず――

「隊長！　ありました。横穴です!!」

「ドワーフ族の負の遺産がっ。とりあえず出入りだけ出来ないように封印しておけ！」

「はっ。了解しました！」

倒れている俺の視界の端に、ブーツのつま先のような影が映る。

「ん？　こいつは……」

俺の頭を、ドワーフ部隊の隊長らしき男が、ゴツゴツした手で触る。

「つけ耳……だと。おい、他の奴らの頭も調べろ」

「はい！」

どうやら隊長に俺たちの獣耳が偽物だとバレてしまったようだ。

「一人は間違いなく獣人だが、他は人間族か」

「尻尾もありませんでした」

おい、ニッカたちの尻を触ったのだとしたら許さないぞ。

そんな怒りを覚えていると、俺の尻も誰かに触られる。

「こいつも完全に人間族だな。とりあえず全員拘束だ。特に獣人には強化型の拘束具を使え」

そうして俺たちは、ドワーフの国にやってきて早々、捕縛《ほばく》されてしまったのだった。

◆第三章◆

冷たい床の上。

俺は横たえていた体を起こし、今自分がどんな状態に置かれているのかを確認した。

両手は体の前で手枷で束ねられていて、そこから伸びた短い鎖《くさり》が首枷に繋がっている。微妙に動きづらい拘束だが、足は自由なのが救いか。

しかしここはどこだろうか。

小さな石造りの部屋には、小さな窓と頑丈そうな扉。

その扉には鉄格子《てつごうし》の嵌まった小さな覗き窓がある。

どう見ても牢屋……というか刑務所かな？

牢屋といえば、通路側は扉ではなく一面が鉄格子というイメージがある。

だがここはどちらかと言えば、ドラマとかで見た刑務所の独房のようであった。

部屋の中には俺一人。他の皆は別々の独房に閉じ込められているのだろう。

とりあえず出るか。

俺はよっこらせっと立ち上がると、扉に近寄り外の様子を探る。

扉は分厚いが、小窓があるおかげで外の確認は容易だった。

どうやら誰もいる気配はなさそうだ。

じゃあ魔法でちょちょいっと解錠……って、あれ……

そのときになって俺は気が付いた。

力ある言葉が発せられない。いや、言葉自体も出すことが出来ない。

まさか、この枷のせいか？

鉄のようなもので出来た普通の拘束具だと思っていたが、どうやら力ある言葉を封じる魔道具——つまり呪具だったらしい。

さすがに、魔法を使える人間をそのまま牢に放り込むだけってことはなかったようだ。

でもまぁ、この枷が言葉だけを封じる呪具だったら俺にとっては全然問題じゃない。

解錠魔法《アンロック》。

俺は力ある言葉を口にせず、無詠唱で魔法を発動させてみた。

だが同時に、何かの抵抗を感じ、発動した魔力が揺らぐのを感じる。

これは魔法封じ……いや、例のペンダントと同じ仕組みの、魔力を拡散させる呪具の機能も加えられているようだ。

でも、この程度で俺の魔力を散らせると思ったら甘く見すぎだよ。

俺は揺らぐ魔力に、更に力を上乗せしていく。

――バキッ。

「やっぱりな」

首の辺りで枷が壊れる音がして、同時に声も出せるようになった。

「まさか無詠唱魔法対策まで仕込まれてるとは恐れ入ったよ。俺じゃなきゃ外せなかったね」

そう呟きつつ、続けて両手首の枷を解錠魔法《アンロック》で外す。

「どうして俺たちがエルフの仲間だと思われたのかわからないが、とりあえず今はここを出た方がいいよな」

あの場で殺すのではなく、捕まえて牢に放り込んだということは、すぐに俺たちをどうこうするつもりはないということだ。

だからといって、このまま奴らが何もしないとは思えない。

「解錠魔法《アンロック》」

俺は扉の鍵を魔法で開けると、慎重に外の様子をうかがいながら薄暗い通路に出る。

通路の左右には、俺が今出てきたのと同じような扉がずらりと二十個ほど並んでいて、まさしく思い描いていた刑務所そのままだ。

「こういう場所から脱出するのって、アニメとか漫画でよくあるやつだよな」

俺はそんなことを呟きつつ、それぞれの扉についた小窓を開いて、牢の中を一つずつ調べていく。

ニッカとグラッサは俺の牢の正面の牢ですぐに見つかった。

「トーアさん！　無事だったんですね」

俺のことを心配してくれていたのか、ニッカが涙を浮かべながら俺の手を握ってきた。

あのとき俺は、咄嗟に防御結界《シールドマジック》の発動をニッカとグラッサを中心にするように行った。そのおかげで彼女たちはスタングレネードのダメージをあまり受けることなく、すぐに目覚めたらしい。

だがその発動範囲に入るのが遅れた俺とヴェッツオはかなり強めに喰らってしまったため、意識を失ったのだ。

連行されるとき、既に意識を取り戻していた彼女たちは、ピクリとも動かない俺たちが死んでしまったんじゃないかと不安を抱えながら、牢の中で過ごしていたらしい。

「助けに来るのが遅いよ」

グラッサもそっぽを向いて不満そうな言葉を口にしていたが、その声が僅かに震えているのはきっと彼女も不安だったのだろう。

といっても、そんなことに突っ込むほど野暮《やぼ》ではないが。

「さて、あとはヴェッツオだけど……もしかしたらまたニッカに治療をお願いしないといけないかもしれないな」

あの攻撃を、俺より遥かに感覚が敏感なヴェッツオが受けたのだ。

あのときのように、鼓膜くらいは破れていてもおかしくない。

「はい。任せてください」

「アンタこそ怪我とかないの？」

元気よく返事をするニッカと、俺のことをやっぱり心配してくれていたらしいグラッサ。

「俺は無傷だよ」

俺はそう答えると、「それじゃあ手分けしてヴェッツオを探そう」と二人の牢を出た。

それから、手分けをしながら一つ一つ部屋の小窓から中を覗いてヴェッツオを探していくと、ちょうど奥から一つ手前の部屋に彼の姿を見つけた。

だが——

「簀《す》巻《ま》き……」

見事な簀巻き状態の彼を見て、思わず呟いてしまう。

俺たちの収監されていた部屋と大差のない室内。その真ん中に、ヴェッツオは顔以外を鎖でぐるぐる巻きにされて転がっていたのである。

手枷首枷だけだった俺たちと違って、獣人族の怪力を警戒したのだろう。

「すまきってなんなの？」

「簀巻きってのはな——」

「二人とも、そんなことより早くヴェッツオさんを解放してあげないと！」

俺とグラッサが呑気《のんき》に話しているのを見て、ニッカが少し怒った声を上げた。

たしかにそうだと反省しつつ、俺は扉を開けて中に入る。

入ってきた俺たちを見て目を丸くし、口をパクパクさせるヴェッツオ。

だが例の首枷のせいで、彼の口からは息を吐き出すような音しか出ていない。

「今外しますね――トーアさん！」

ニッカに急かされて、俺は床に転がされているヴェッツオの側にしゃがみ込む。

「解錠魔法《アンロック》」

「んっ……声が出るようになったようだ。ありがとう、助かった」

礼を口にするヴェッツオの体には、特にこれと言って傷は見当たらない。

「耳とか目は大丈夫ですか？」

「ああ、支障はない。トーアに喰らわされたものに比べればたいしたことはなかったからな」

心配そうに体の状態を尋ねるニッカに、ヴェッツオはそう笑い返す。

どうやら本当に問題なさそうだ。

「それにしてもいったい何だったんだろう」

「何が？」

「あたしたちを捕まえた髭《ひげ》モジャたちのことよ」

「髭モジャ……」

たしかに意識を失う前に見たドワーフたちは、皆立派な髭を生やしてはいたが。

「わかることは、俺たちがエルフの手先だって勘違いされたことだけだな」

「どうやらチェキという旅人を攫った組織が、エルフの密入国に絡んでいたようだな」

「それで、そのアジトに偶然いた私たちも彼らの仲間だと思われて捕まっちゃったわけね」

とんだとばっちりだ。

俺たちはただ、ドワーフに攫われたチェキを追いかけてきただけで、無関係どころかむしろ被害者だっていうのに。

「ドワーフさんたちにそのことを話してみませんか？　そうすれば誤解も解けて、チェキを探すのも手伝ってもらえるかも」

ニッカの提案に、グラッサは小さく首を横に振る。

「今更話したって無理無理。あいつらあたしたちの話も全く聞いてくれなかったじゃん」

「あのときはあの人たちもなんだか大変そうだったし。今なら聞いてくれるかもしれないよ」

「ん？　あのとき？」

ニッカの口ぶりに首を傾げていると、グラッサが教えてくれる。

グラッサとニッカは、防御結界《シールドマジック》のおかげですぐに意識を取り戻した。そして連行されていく間、ドワーフたちに事情を説明しようとしたのだという。

しかし彼らはグラッサたちの言葉を一切聞こうともせず、それどころか例の首枷を無理矢理嵌めて喋れなくしてから、二人揃って牢に放り込んだそうだ。

「だからあの髭たちは、絶対にあたしたちの話なんか聞いてくれないよ」

グラッサはそう、僅かに怒りをにじませた表情で言い捨てた。

彼女の話を聞く限り、おそらく話し合いは難しそうだ。

俺はヴェッツオと二人、脱出の計画を立てることにした。

そんなとき、不意にニッカが口を開いた。

「それにしてもドワーフさんたちって、どうしてそんなにエルフを嫌うんでしょう？」

言われてみれば、前世でもドワーフとエルフは仲が悪い設定の物語は多かったので、俺は自然と『そんなものだ』と思っていて深く調べたことはなかった。

それに辺境砦にもエルフとドワーフはいたが、お互い敵視してるような雰囲気はなかった。

だが、この国ではエルフを完全に敵として認識しているのはどういうことだろう。

するとヴェッツオがあっさりと答えを教えてくれた。

「それは簡単だ。この国はエルフの国と未だ戦争中だからだ」

「そんな話、聞いたことないぞ」

「ああ。実際に戦ったのずいぶん昔の話だが、正式な休戦協定は今も結ばれていないと聞いている。トーア、お前は大陸北部のことをどれだけ知っている？」

プレアソール王国や獣族の領地である獣の森がある南部と、ティーニック山脈を挟んだ北部。

俺は北部にはまだ一度も行ったことはないが、大まかな地図だけは見たことがある。

「たしか山脈を越えて西側にヴォルガ帝国があって、エルフの国は東の大森林地帯の中にあるんだっけ？」

　でもそうか、そのことを思い返してみれば、おかしなことがある。

　今、俺たちのいるドワーフの国はティーニック山脈の西側の山中にある。つまりドワーフの国と接しているのはヴォルガ帝国だけで、エルフの国がある森とは接していない。しかも帝国の東側にはカサドラ荒野という荒れた土地が広がっていると聞く。

「国境も接してない国同士が戦争？」

「だから言っただろう。ずいぶん昔の話だと」

　ヴェッツオの話によると、かつてエルフの領土とドワーフの領土は今より遥かに広く、国境も接していたという。

　その頃のエルフとドワーフの間柄は、今の獣人族とドワーフの関係に近いものだった。

　つまり魔力の豊富な森と、そこに生まれるダンジョン。そしてダンジョンで産み出される様々な資源をエルフたちが採取し、ドワーフたちに提供する。

　代わりにドワーフたちは、エルフが望むものに資源を加工して売る、という交易が行われていた。

「しかしその関係は突然崩壊した」

「どうして？」

「ドワーフもエルフも仲が良かったんだよね？」

「……いや、元々仲が良かったとは言えなかったらしいな。今ほどではないにしろ、当時からお互いがお互いを下に見て、小さないざこざは絶えなかったらしいからな」

エルフからすれば、ドワーフは暗い山の中の穴に引きこもっている、年中泥と鉱石まみれの蛮族でしかない。逆にドワーフからすると、エルフは無駄にお高くとまっていて、ダンジョンと森の恵みを享受するだけの何も産み出さない非生産的な種族だった。

「そんなお互いを蔑《さげす》む関係は、いつか大きな問題に繋がるだろう。そう考えた当時のエルフとドワーフの王は、もっと理解し合うために、ある計画を進めることにした。まぁ、それが終わりの始まりだったんだが」

「どんな計画だったんだ？」

「いつの世も、その手の計画というのは同じようなものでな。エルフの王族とドワーフの王族、それぞれの息子と娘を政略結婚させることで、お互いの種族の絆《きずな》を深めようとしたわけだ」

エルフの王子とドワーフの姫のあからさまな政略結婚だなんて、うまくいくのだろうか。

俺はそう思ったのだが、しかし意外にも両国の民に祝福されることになったらしい。

それはその二人が、元々交流を持ち、お互い好意を寄せ合っていた仲だったということを、両国民の誰もが知っていたからだ。

まぁ、一説によれば、そういう風に見せかけるよう、両国の首脳陣が仕組んでいたのではないかという話もあるようだが……。

ともかく、話は順調に進んだらしい。

「そしてその二人が住まう領地を両国が準備した。その場所が今の荒野が広がる場所でな」

エルフとドワーフは空白地帯となっていたその荒野を、両種族で力を合わせ緑溢れる地に変え、そこに新たなる都市を作り上げた。

婚姻《こんいん》したドワーフの王子とエルフの姫が治めるその地は、やがて交易の重要な拠点となり、周囲にも小さな村や町が出来るほど繁栄《はんえい》を見せたという。

二人の間に娘も生まれ、このまま二種族の関係も進展していくと誰もが思った。

しかしそんな時間は長くは続かなかった。

「子供も生まれ、領地も順調に発展していったその最中に――二人が暗殺されるという事件が起こってしまったのだ」

「犯人は捕まったのか？」

俺の問いかけにヴェッツオは小さく首を横に振る。

「わからない」

「わからない？」

「ああ。未だにあの事件の犯人はわかっていない。ドワーフなのかエルフなのか、それともそれ以外の種族なのか……」

エルフとドワーフはお互いを疑いつつも、それでも最初の頃は協力して捜査をしていた。

「だがエルフ側の調査員に犠牲者が出てな」

エルフお得意の風魔法《ブレシングウィンド》によって伝達された『犯人らしき怪しいドワーフを追跡中。至急応援求む』というメッセージを最後に、捜査員の行方がわからなくなった。

その捜査員が見つかったのは翌朝。友好の証《あかし》として街の中央に建てられていた、王子と王女の仲《なか》睦《むつ》まじい様子を模した像の前で、無惨《むざん》な姿で発見されたという。

「捜査員が最後に残した言葉。そして発見された場所。それによってエルフ側は、ドワーフとエルフの友好に反対するドワーフ側の過激派が犯人であると主張した」

「たしかにそこまで聞くとそう思えるけど、さすがに安直すぎないか？」

「俺もそう思う。だが、一度生まれた不信感はそのまま大きく膨らんでいった」

ただでさえ、元々仲が悪かった両種族なのだ。その友好関係が本物になる前に事件が起こったのが、あまりにも痛すぎた。

二つの種族の間のわだかまりがなくなる前に投じられた火種は、僅かの間に燃え広がり――

戦争が起こった。

「お互い引くに引けない状況になっていったってわけか」

俺の呟きに、ヴェッツオが頷く。

「冷静に対処しようとしても、国民がそれを許さない状況になっていったのだろうな」

それぞれの種族の王子、王女が共に暗殺されたのが始まりなのだ。

戦争に発展するのにそれほど時間がかからなかったのは、当たり前だったのだろう。

「ドワーフとエルフの戦争によって、双方に多大な死者が出たと聞いている。そしてその主戦場となった緩衝地帯は荒れ果て……元の荒野に戻ってしまった」

「それが今のカサドラ荒野なのか」

「ああ、そうだ。そしてそれ以来、エルフは彼らの森に、ドワーフはこの山の中に引きこもりお互いの交流を一切絶ったというわけだ」

俺はヴェッツオからドワーフとエルフの過去に起こった悲劇を聞き終え、大きく息を吐いた。

大陸北の話は、辺境砦や王国にいた頃にある程度聞いてはいた。

しかし前世と違いこの世界では、他国の歴史についてそれほど詳しく伝わってくることはない。

それに辺境砦では、知り合いのエルフもドワーフは仲が悪くなかったので、一部でちょっとしたいざこざが起こっている程度だと思っていたのだ。

「ただ嫌い合ってるだけじゃなくそれほどの戦争があったとなると、今でも憎み合っているのも理解出来なくもないか」

だからと言って、話も聞かずに牢屋にぶち込んだことは許せはしないが。

「……あのさ、ちょっと気になったんだけど」

同じようにヴェッツオの話を聞いていたグラッサが小さく手を挙げて何やら言い出した。

「うん？　俺がわかる範囲でなら答えよう」

「さっきの話に出てきた、エルフとドワーフの間に出来た一人娘ってどうなったの？」

そういえばそうだ。

二人の間には両種族の間に出来た子供がいたはずである。

ドワーフとエルフの両方の血を引いたその子は、二つの種族の懸《か》け橋となる存在のはず。

彼女が生きていたのなら、二つの種族が激しい戦争にまで突入することもなかったかもしれない。

しかし、ヴェッツオの返事は意外なものだった。

「わからん」

「え？」

「二人が暗殺されたのは間違いないのだが、娘については何も伝わってないのだ」

暗殺犯が、ドワーフとエルフの友好を良く思わない勢力だったとすれば、その友好の証ともいえる二人の娘を生かしておく可能性はかなり低いだろう。

なんせ遠い過去の話である。今の俺たちにわかることはない。

「さて、話はこれくらいにしよう。客が来たようだ」

「こんなところにお客さんですか？」

ヴェッツオの言葉に、ニッカがことんと首を傾げる。

「三人……いや四人近づいてくる」

どうやらドワーフたちがやってきたようだ。

そしてそれは間違いなく俺たちを釈放するためではないだろう。

いきなり死刑はないだろうが、拷問にかけられてあることないこと喋らされてもおかしくはない。もちろん俺たちは素直に奴らに付いていくわけがないのだが。

「長話しすぎたかな？」

「まったく。お前は緊張感がなさすぎる。行くぞ」

俺の言葉にため息をつきつつ、ヴェッツオは耳をピンとさせながら部屋を一足先に出ていった。

「せっかちな奴だな。二人はここで待っていてくれ」

俺は二人に向けてそう言い残すと、ヴェッツオの後を追った。

「――まったく。あのエルフのガキがいつまで経っても吐かねぇから手間が増えるぜ」

「主任でも手を焼いているんですか」

「ずっとしらを切り続けやがってな。いつまで経っても『自分は関係ない』としか言わねぇから、つい手が出ちまったよ」

牢獄《ろうごく》の出入口までたどり着くと、その向こうから、大声が漏れ聞こえてくる。

話の内容からすると、捕まったエルフの話で間違いないだろう。

尋問の内容はわからないが、そのエルフは子供なのだろうか。

この世界では、種族が違えば見かけと年齢が合わなくなることもよくある。

例えばドワーフ族は十歳を超えたあたりで身長の成長は止まり、男ドワーフに至ると顔は髭で埋まってしまう。そのせいで他種族からすると成人なのか子供なのかは全くわからない。

つまりドワーフ族は、可愛らしい子供時代が極端に少ないとも言える。

一方でエルフの場合は、逆に見かけが子供でも二十歳過ぎとかもザラらしい。ドワーフの彼らが『ガキ』と言っていても、人間年齢で言えばとっくに成人を超えている可能性も少なくない。

ガチャガチャ。

牢獄の扉の外から、鍵を外す音が聞こえてくる。

俺とヴェッツオはすかさず、左右の空になっていた牢の中に隠れた。

やがて扉が開き三人のドワーフが姿を現す。

先頭の二人は作業着のような服を着ている。たぶん牢番だな。

そしてその後ろには、二人よりも良い身なりをしたドワーフがいた。奴が主任だろう。

偉そうに葉巻を咥《くわ》え、煙を吐き出しながら二人の後ろを歩いていく。

「手が出たって、何をしたんです？　後学のために教えてもらえませんか？」

前を歩くドワーフが、主任にこびるような声音で話しかける。

「何ってお前。無駄に長ぇ髪をよ、こうバッサリとな」

「切ったんですか」

「仕方ねぇだろ。あいつら髭がねぇんだからよ」

ドワーフにとって、髭を切られることは一番の屈辱だと聞いたことがある。

たぶん主任は、それと同じくらいの屈辱を与えようとして髪を切ったのだろう。

エルフにとって髪を切られるということが屈辱になるかどうかは甚《はなは》だ疑問だが。

「おかげであの気持ち悪い耳が丸見えになってよ。いいザマだったな」

「はぁ」

「なんだお前。何か文句でもあんのか？　もしかしてお前も融和《ゆうわ》派なんじゃねぇだろうな？」

「い、いいえ。もちろん私もエルフを憎んでいますよ」

「そうだろう、そうだろう。エルフどもと融和など不可能だ」

「全くその通りです」

俺たちが潜む牢の前を通り過ぎつつ、しどろもどろになりながら主任に言い訳する部下。

なんだか前世の自分の境遇を思い出して胃が痛くなってきた。

早く通り過ぎていってくれ。

「それにしても——」

そう願いつつ飛び出すタイミングを測っていた俺の耳に、予想外の言葉が飛び込んできた。

「あのチェキとかいう女エルフは、この国に忍び込んで何をするつもりだったのか。一刻も早く吐かせねばな」

今、主任ドワーフはなんと言った？

俺が突然聞こえた予想外の内容に驚いている間に、俺以外の人物が牢から飛び出し叫んだ。

「ちょっとそこの髭！　チェキにいったい何したのさ!!」

牢獄の狭い通路に響き渡る声の主はグラッサだ。

「なっ、貴様っ！　どうやって抜け出した！」

「チェキをどうしたのかって聞いてるのよ!!」

「拘束が緩かったか。お前たちっ、早く取り押さえろっ」

「な、何よ！　やる気？」

迫る二人にグラッサが身構えた直後、俺とヴェッツオは同時に隠れていた牢を飛び出す。

「お、お前らまでっ⁉」

「ど、どうすればいいですかっ、主任」

「そんなこと俺に聞くなっ」

「応援を呼ばないと！」

俺たちを見て、ドワーフたちが目に見えて混乱している。

しかしその中の一人、今まで無口だった先頭のドワーフだけは、冷静に腰に手を伸ばし——

「えいっ！」

カツンカツンッ。

その手に取ろうとした何かを、グラッサの後ろから出てきたニッカが蹴り飛ばした。

「くっ、通報装置がっ」

意表を突かれたドワーフは、慌てて床に転がったそれを拾おうと手を伸ばす。

だが……

「やっ！」

カコーン！

今度はグラッサが先回りして牢獄の入口方向、つまり俺とヴェッツオの後ろへ蹴った。

これでドワーフたちは、俺たち二人を倒さない限り、それに近寄ることすら出来なくなった。

「あれは通報装置だったのか。二人ともよくやった！」

俺は拘束のために準備していた魔法を発動する。

「氷拘束魔法《ブレシングアイスバインド》！」

発動と同時に、主任の体を水が渦巻くようにして駆け上り、氷像が一体出来上がる。

「はっ！」

「ぐああっ」

続いてヴェッツオが、警報装置を奪われニッカたちに襲いかかろうとしていた先頭のドワーフに向かって飛びかかり、そのまま床にたたき伏せる。

「ぐはぁっ。て、抵抗はしない。だから殴らないで」

それを見て残りの一人は、あっさりと抵抗を諦め両手を上げて白旗を揚げた。

こうして俺たちは、あっという間に三人のドワーフを捕虜《ほりょ》にしたのだった。

「——は？」

「俺たちがエルフと組んで誓約の腕輪を盗んだだって？」

髭たちを捕まえたあと、俺たちは主任と呼ばれていた男の尋問を始めた。

彼はこの監獄の警備主任の一人で、名前はダモガン。

「ああ。エルフを連れてきた奴らがそう証言したのだ」

「私たちはチェキがエルフだってことも知らなかったんですよ？」

「ずっと帽子を被ってたし、普通の男の子だと思ってたよ」

ニッカとグラッサがそう言う横で、俺はダモガンに説明の続きを促す。

どうやらチェキは、誘拐犯の隙を突いて逃げ出すことに成功したらしい。

しかし両手を縛られていたため、バランスを崩して転んだ拍子に、髪に隠れていたエルフの特徴である長い耳が露《あら》わになった。それで通行人に見つかって騒ぎになり、結局捕まったそうだ。

「最初兵たちは、オルチたちを密入国の片棒を担いだって理由で逮捕した。あいつらは小悪党とはいえ、色々と前科もあるしな」

オルチというのはチェキを攫った三人組の一人の名前らしい。

彼らは今までも小さな悪事を繰り返していて、あまり信用がないようだ。

「そこにルチマダ議員が客人を連れてやってきてよ。三馬鹿……いや、オルチたちはこの国から盗まれた魔道具を取り返してきただけだと証言しやがったんだ」

「そのルチマダ議員って誰だ？」

「この国の偉い議員様の一人だよ。知らねぇのかい？」

「知るわけないだろ」

聞くとルチマダというのは、ドワーフ王国を実質的に動かしている議会議員の一人で、更に次期国王候補の一人なのだという。

「次期国王候補って、今度の品評会でルチマダって人が王になるかもってことだよね？」

「なんだ、品評会のことは知ってるのか」

「優勝したら王様になれるって話だけね。それで？」

グラッサは続きをさっさと話せとばかりに、つま先で正座しているダモガンの膝をつく。

「痛いからやめてくれよ」

「だったらさっさと続きを話しなさいよ！　はやくっ!!」

ダモガンはグラッサの剣幕にたじろぎながら話を再開した。

「議員様が言うには、客人から『ルチマダが昔作った誓約の指輪が流出して市場に流れたらしい』という話を聞いて、慌ててオルチたちにその回収を頼んだってことらしい」

「誓約の指輪？　腕輪じゃなく？」

「そういえば腕輪だって議員は言ってたな。昔作った頃は未熟で技術がなくて、腕輪になっちまったって」

ルチマダは議員になれるほど鍛冶の腕を上げた今でも、初心を忘れないようにその腕輪を密かに保存してあったらしい。

しかし彼のところにやってきた客から、その腕輪がなんらかの手違いで市場に流れたという話を聞いた。

初心を忘れないために保存こそしていたが、人目に晒《さら》すためではない。

そのためルチマダは、腕輪を回収するように三馬鹿に秘密裏に依頼したのだとか。

その結果、腕輪の回収だけを頼んだのに、三馬鹿が間違って腕輪を持っていた人物まで攫ってきてしまったということだった。

それを聞いたグラッサは怒りの声を上げた。

「じゃ、じゃあチェキは勘違いで攫われたって言うの!?」

「落ち着け、グラッサ」

「だって、そんなのただのとばっちりじゃない！」

憤るグラッサを抑えながら、俺はダモガンに対して疑問を口にする。

「その議員の言い分が確かだと認められたなら、チェキも、そのチェキを助けるために追ってきた俺たちも無罪ってことだろ？　なのになぜ解放されないんだ？」

こいつらは牢獄にやってきたときにたしかに言っていた。

チェキがずっとしらを切り続けていると。

つまりチェキには、誓約の腕輪を持っていた以外に別の嫌疑がかけられているということになる。

「あのエルフはわざとドワーフに捕まることでこの国に侵入した。そして侵入路を調べてから、腕輪でコンタクトを取ってお前たちを手引きした。そういう疑いをかけられたんだよ」

……つまりはこういうことか。

まず獣人族であるヴェッツオが、獣人という立場を利用して公式なルートで国に入り、ルチマダの家に保管されていた誓約の腕輪を窃盗。そして市場に流したふりをして、チェキとグラッサに手渡した。

同時に、次期国王候補が過去に作った魔道具がドワーフの国から流出したという噂を流す。

そしてドワーフたちが魔道具を回収しにきたところで、チェキはわざと攫われる。

最後は、チェキの後を追うことでドワーフ王国に密かに入り込める隠し通路のありかを確認してからエルフの国に情報を送る。

こうすることで、エルフは侵入経路を知ることになり、何かしらの攻撃を仕掛けることが出来るようになる……らしい。

ダモガンはそこまで一気に説明した。

「大体そんな感じのことを言ってい――」

「異議あり!!　そんなガバガバな計画、あるわけないだろ！」

俺は思わず食い気味に、ダモガンの言葉を遮る。

獣人族と人間族がエルフと通じているという考え自体が意味不明だし、何より腕輪を取り返しに来たドワーフが持ち主ごと攫うなんて普通は考えない。

それにそもそも、裏ルートではなく盗まれたのだとするなら、正式なルートでドワーフたちを送り込んで探せばいいのだ。

「そうなのか？　皆エルフどもならやりかねんと納得していたが」

「……ドワーフ族ってもしかして、あまり頭が働かない種族なのか？」

俺は思わずヴェッツオにそう問いかけた。

「基本的に鍛冶以外にはそれほど興味を示さない種族だからな。致し方あるまい」

「いや、致し方あるまいで犯罪者にされたらたまったもんじゃない」

まぁ不法入国なのは確かだが、それ以外に関しては完全に冤罪である。

しかしどうしたものか。

どうやらドワーフたちは、元々ちょいと頭のネジが抜けている上にエルフ相手ということで目が曇りまくっているようだ。

力ずくでチェキを奪い返すことは簡単だが、そうすると最悪ドワーフと獣人族、そして人間族との種族間問題に発展しかねない。

「冤罪だとわからせてから、堂々とこの国を脱出したいけど……どうすれば良いと思う？」

俺は皆に意見を求める。

「冤罪だと言うなら、法廷で証明してみせれば良い」

するとたった一人だけ、俺の言葉に反応する者がいた。

しかもそれは仲間たちではなく、目の前で拘束されているダモガンだった。

「法廷？」

「そうだ、法廷だ。今からあのエルフは、裁判にかけられることになっている。しかも国王も同席するらしいぜ」

「ずいぶんと早いんだな」

「我が国ではこれでも遅い方だぞ。即断即決が常だからな」

裁判なんて即断即決でやるものではないだろう。

「その裁判で無罪を勝ち取るしか方法はない……か」

「でもトーアさん。裁判所かどうかは知りませんけど、そんなところに私たちが乗り込んでいったら、それだけで騒ぎになっちゃいませんか？」

ニッカの言うこともっともだ。

俺たちはドワーフではないし、現状獣人族のふりをして潜り込むことも無理だろう。

なんせドワーフたちは獣人族と人間族がエルフに協力していると思っているらしいし。

「お前たち、裁判に出席したいのか？」

俺が悩んでいると、ダモガンが先ほどまでと違った余裕のありそうな声でそう聞いてきた。

「出席出来るのか？」

「ああ、解放してくれるなら俺が協力してやってもいい」

俺たちを裁判所へ連れていけば騒動が起こるなんてことはわかっているはずだが……

「国を裏切るつもりなのかい？」

「なぁに、俺は上からの命令通りに行動するだけのことだ」

ダモガンはそうニヤリと笑ってから、続けてこう言った。

「そもそも俺は、その裁判に証人としてお前らを裁判所へ連れていくためにここに来たんだからな」

◆第四章◆

「開廷！」

思ったより手狭な裁判所の法廷に、裁判長の声が響く。

それまでざわめいていた傍聴人たちもそれに合わせて口を閉じ、法廷が一時静寂に包まれた。

俺たちは今、その法廷の証人席らしき場所に四人並んで座らされている。

前世でもテレビでしか裁判所の中の様子は見たことがないし、裁判自体もゲームでしか体験したことはない。間違いなく、ゲームの裁判は実際の裁判とは全く違うだろうし。

なので今俺たちが関わっているこの裁判が、前世と比べてどう違うのかとかはわからない。

「……」

「……」

牢で壊した拘束具は、見かけだけを魔法で修復し、俺たちそれぞれの首や手を拘束している。

もちろん本当に拘束しているわけではなく、ニッカやグラッサでも力を込めれば簡単に外れるような仕組みにしてある。

何かあったとき、すぐに枷を壊して逃げるためだ。

声を封じる機能は壊れたままなので、俺たちは言葉を発さないように注意して、事の推移を見守ることにした。

「今回の裁判は、怨敵《おんてき》であるエルフ族が我らドワーフ族にまたもや災《わざわ》いをもたらそうと手を出してきた疑いについてのものである」

裁判長のその言葉に、会場に僅かだが殺気のようなものが流れた。

ドワーフ族はエルフほどではないが長寿である。

たぶん殺気を放った者たちは、エルフとの戦争を経験した者たちに違いない。

「事の重大さに鑑《かんが》み、此度《こたび》の裁判には国王グレンガ三世にも出席いただくこととなった」

そして続く裁判長の言葉で、会場のざわめきが一段と大きくなる。

それと同時に、俺の耳に傍聴席から気になる話が流れ込んできた。

「やはり王もご出席なさるのか……先祖の無念を今もグレンガ一族は背負っておるのだな」

「爺《じい》ちゃん。たしかエルフに殺されたのって」

「お主も習ったじゃろ。エルフどもが卑劣な手段で手にかけたのは、グレンガ一族の娘じゃと」

エルフが手をかけた娘。

もしかして例のドワーフとエルフの大戦争のきっかけとなった、暗殺されたドワーフの姫というのは、現王であるグレンガ三世の血縁者だったということか。

たしかにそれなら、この裁判に国王自ら出席するのも理解出来ないでもない。

しかし傍聴席の話には、ドワーフの姫のことしか出てこない。

実際はエルフの王子も共に暗殺され、おそらくは彼らの子供もそのときに殺されたはずなんだが……もっと詳しく聞きたい。

だが祖父と孫の話し声は、次に起こった歓声にかき消されてしまう。

声を上げる人々の視線は、法廷正面の右側の扉に向けられていて、俺はその視線を追った。

法廷の扉を開けて入ってきたのは三人。

最初に入ってきたのは、痩《や》せ型で眼鏡をかけたドワーフであった。

彼はそのまま扉の脇に姿勢良く立つと、頭を垂れる。

それが次に入ってくる者に対して捧《ささ》げられた礼だったことは、頭に王冠《おうかん》を戴《いただ》いた者——グレンガ三世が入場してきた瞬間に理解した。

ドワーフの王は人間族の王とは違い、力の象徴や権力の象徴ではない。

あくまで、国で一番素晴らしい作品を作り上げた匠《たくみ》が王となる。

だから王に対するドワーフたちの敬意というのは、偉大な芸術家に対するものに他ならない。

思ったより貧相だな。ドワーフの王って言うから、もっとこう、デカい斧《おの》を力強く振り回す筋肉ダルマかと思ってたんだけど。

入ってきたグレンガ王は、ドワーフらしくずんぐりむっくりな体と、その体の半分ほども隠す立派な髭が生えていた。

ただ、その目の下にはひと目見てわかるほどの深いクマが刻み込まれており、体格で言えば彼の次に入ってきた男の方がよほど力強く見えた。

三人の先頭に立った王は、そのまま裁判長が待つ法廷の一番高いところまで上ると、裁判長にすすめられるがままに中央の椅子――ではなく、その横に特別に置かれた立派な椅子に座った。

そして王の後に続いた二人が王の後ろに控えるように立つと、裁判長が斜め下にいた職員に何やら目配せをする。

合図を受け取った職員は、法廷の左側の扉まで歩いて行くと、その扉を軽くノックした。

――さて、ここからが本番だな。

ゆっくりと開いた扉から、まず二人、先ほど王に付き添ってきたドワーフに勝るとも劣らない体《たい》躯《く》のドワーフが現れた。

その手にはそれぞれ一本ずつ縄が握られていて、その縄に引っ張られるように――

「エルフだ」

「間違いない。あの耳は憎きあの種族っ」

「死刑だ！」

「生かして帰すなっ！」

ボロボロの囚人服を纏った、エルフ耳で丸刈りの人物が姿を現した。

彼――いや、彼女がチェキか。

目から生気を失ったその姿を見たとき、俺はグラッサたちが声を上げてしまっても仕方がないと思った。

それほどチェキの姿はボロボロで、実際に会ったことのなかった俺ですら、思わず声を出してしまいそうだったからだ。

しかし二人から声が上がることはなく、俺はそれが逆に怖くて、二人の方を見れない。

チェキも終始俯《うつむ》いたまま顔を上げず、ニッカやグラッサがこの場所にいることにも気が付いていないようだ。

法廷の熱気が一気に上がり、ざわめきが喧噪に変わる。

「静粛に!!」

そして今にも爆発しそうな法廷内を、裁判長の大声が一瞬で鎮《しず》めた。

「それでは被告人チェキに対する裁判を始める」

裁判長の声で、チェキは法廷の中央、一段だけ高い場所に作られた証言台へと、二人のドワーフに引き連れられる。

諦めたのか、完全に憔悴《しょうすい》しきった彼女の表情は痛々しくて見ていられない。

しかし、髪が切られてるのもあるのだろうが、その中性的な顔立ちは、ニッカたちが彼女を男だと思っていたのも納得出来た。

元々どれくらいの髪の長さだったのかはわからないが、帽子に隠せる程度だとすれば長髪というわけでもないはずだ。もし帽子が取れてしまっても、女だとすぐにはバレないほどだったに違いない。

俺がチェキを観察していると、裁判長の声が響く。

「被告、エルフ族のチェキは、ルチマダ議員所有の『魔道具』を獣人族の協力を得て盗み出した。そしてそれを取り返しに来たオルチ、マーサル、ガライドの三名にわざと捕まることで、ドワーフ王国への侵入路の情報を手に入れんと画策した。これを認めるか？」

裁判長から、証言台のチェキに罪状認否の言葉が投げつけられる。

しかしチェキは黙って床を見つめたまま何も答えない。

「沈黙は認めたと同じとするが？」

「……」

その言葉にチェキは顔を上げ、壇上《だんじょう》の裁判長へ向けて何か言おうと口を開いた。

だがそれも一瞬だけで、彼女の口からは何の言葉も出ず、そしてまた全てを諦めた表情で床に視線を戻す。

「では次に、被害にあったルチマダ議員に証言してもらう」

裁判長の指示で、いったんチェキは証言台から被告人席へ移される。

被告人席は俺たちが控えている場所から一メートルほど前で、彼女が少しでも後ろを向いてくれればこちらの姿に気が付くはずだった。

だけど彼女は一度も顔を上げることなく、俯いたまま静かに座ると、ただ終わりの時を待つかのように体を震わせているだけだ。

「それでは議員。貴方が魔道具を盗まれたことを知った経緯を証言してください」

裁判長はチェキに対するときとは正反対の優しげな口調で、証言台に立つドワーフへ発言を促す。

正直ドワーフの人相なんてどれもこれも髭のせいで同じにしか見えないが、証言台の男は漂《ただよ》わせるオーラというか気品が違う。

間違いなくあの男――ルチマダは、この国の上位に立つ者だ。

「正確に盗まれた日付はわかりません。が、ここ数ヶ月以内に幾度か我が屋敷に獣人族の商人が出入りしておりました」

ルチマダによると、誓約の腕輪は、基本的に彼の私室にある戸棚の中に仕舞われていたらしい。

彼は自分の鍛冶が行き詰まると、その腕輪を取り出して初心を取り戻すということをルーティンの一つとしていたそうだ。

「私が最後に腕輪を見たのは三ヶ月ほど前ですから、盗まれたのはそれ以降ということは確かです」

「ふむ。それで議員はどうやって腕輪が盗まれ、人間族の市場に流れていることを知ったのですかな？」

「既に裁判長の手元にある証言書に書かれているとおり、私が唯一付き合いのあった人間族の商人から知らされたのです」

　たしか、その商人の情報を元にロッホの市場へドワーフたちがやってきて、偶然それを手に入れたチェキを腕輪ごと連れてきたという話だったはずだ。

「その人間族の商人は、なぜそのようなことを知っていたのですかな？」

「以前一度、腕輪を見せたことがありましてな。ロッホの市場で私の腕輪に似たものを見かけ、念のためにと報告をくれましてな。私もまさかと思いつつ戸棚の中を調べると――」

「なくなっていたというわけですな」

「その通りです。もしお疑いがあるのなら、その商人を今すぐにでもこの証言台に立たせて聞いてもらっても構いませんよ」

　ルチマダは不敵に笑みを浮かべ、裁判長を見上げる。

　その言葉に、傍聴席がざわめいた。

　それはそうだろう。

　彼が言った言葉をそのまま受け取るなら、今、人間族であるその商人がドワーフ王国内にいるということなのだから。

　ドワーフは、獣人族以外を国内に入れることを、外交以外では基本的に許していない。

　人間族と取引をする場合は、ドワーフ王国の外にある専用の市場で行われることになっている。

　誓約の腕輪も、その市場で仕入れたと売っていた店主も言っていた。

「一応話は先に聞かせてもらっていますが……人間族である商人を王国内に入れたというのは、どういった理由かここで聞いても良いですかな？」

「いいでしょう。彼は帝国へ亡命する手引きをしてほしいと、私を頼ってきたのです」

「亡命とは穏やかではないですな」

裁判長が長い髭を撫《な》でながら唸《うな》る。

帝国とは、ヴォルガ帝国のことだろう。

ヴォルガ帝国は主に魔族と呼ばれる種族が治める国だが、他種族を積極的に国内へ引き入れることで、今では多種族国家として勢力を伸ばしている。

人間族だけでなくドワーフ族やエルフ族とも正式に公平な交易を行っている、珍しい国である。

実のところ、最初帝国の存在を知ったときは、『帝国』という部分と『魔族』という種族名で、俺の中では完全に悪役ポジションだった。

俺が帝国について思い出している間にも、ルチマダの話は続く。

「その商人は、プレアソールの王都で商売をしていたところ、取引相手と商売敵から突然身に覚えのない罪を被せられたそうでして」

商人は自分が冤罪で裁かれることをいち早く察し、伝手《つて》を使って慌てて王都を脱出したという。

しかし王国内では逃げ切れないと判断し、ヴォルガ帝国へ亡命しようと思い至ったとか。

王国と帝国は、王国西部のグレン領西端にある港で、海路を通じて交易をしている。

亡命をするならその航路も選択肢に入るのだが、検閲が厳しく、王国の兵に見つかれば捕まってしまうと考えたそうだ。

そこで商売上の付き合いがあったルチマダに助けを求めたのだという。

「とはいっても、国と国との問題になりかねませんし、私も最初は断ろうとしたのですがね。彼が教えてくれた情報があまりに貴重なものだったので、引き受けることにしたのです」

その情報というのが『誓約の腕輪』のことなのだろう。

「もちろん私も、無断で彼を屋敷へ引き入れたわけではないよ」

ルチマダはそう口にしつつ、視線を裁判長から、その横に座る国王へ移す。

そして視線を受けた王が口を開く。

「ああ、件《くだん》の商人が国内に滞在する許可は自分が出した」

「それは真《まこと》ですか？」

裁判長の問いかけに、王は頷いて返す。

「ルチマダから相談を受けてな。誓約の魔道具が流出したという重大事を知らせてくれた礼として、僅かな間だけということで許可を出した」

グレンガ王はそう答えると、「これ以上説明は必要か？」とばかりに椅子に深く座り直す。

「もちろん奴には我が屋敷から出ることは許しておりませんし、連れてくるときも目隠しと耳栓《みみせん》をさせて国の中を見せぬようにして、あの三人に連れてきてもらいました」

あの三人、と言って指差した先には、三人のドワーフがいた。あれが例の三馬鹿だろう。

彼らは法廷のほぼ全員の視線を受けると、慌てて首を思いっきり上下に振った。

それを見て、裁判長は話を戻す。

「商人についてはわかりました。それでは次に、盗難が判明したあと、どうしてその三人組に回収を任せたのか。そしてなぜエルフを連れてきたのかを説明してもらえますかな？」

「それは簡単なことですよ。あの腕輪は私にとっては人生最大の汚点――それを出来る限り人目に……特に同じドワーフには見せたくはなかったのです」

「彼らもドワーフなのでは？」

裁判長が当然の疑問を口にする。

「彼らは品質の善し悪しどころか、人の顔すら見分けが付けられないほどの愚か者たちなので、都合が良かったのです」

ドワーフ族の男は、鍛冶の腕前が全てだと聞いたことがある。

ルチマダからすれば、あの三馬鹿はドワーフですらないと言いたいのだろう。

「可哀想と思い、簡単な仕事をさせるためだけに雇ってあげていたのですがね……まさかあの程度の任務ですら、まともにこなせないとは予想外でした」

「というと、彼らがエルフの娘を連れてきたというのは故意ではないと？」

「そのことは彼らが取り調べで証言しているはずですが？　あのエルフがもう一つの腕輪のありか

を教えてくれなかったので仕方なく連れてきたのだと」

あの魔道具は二つで一つ。

ならば残りの一つもチェキが手に入れてどこかに隠したに違いないと三馬鹿は考えたのだという。

「たしかに私は彼らに、『判断に迷うことがあれば私に相談しろ』と伝えてありました。ですがエルフをこの国の中にまで連れてこいなどとは命じてなかったのですがね」

ルチマダは三馬鹿に呆れたような視線を向ける。

「ですが偶然とはいえ、彼らの考えは半分正解でした」

「どういうことです？」

「彼らが考えた通り、やはり彼女の仲間がもう一つの腕輪を持っていたということですよ」

ルチマダはそう言うと、俺の横に立つグラッサを指さした。

もちろん彼女の腕には、既に誓約の腕輪は存在しない。

なぜなら牢にぶち込まれる前に全ての荷物と共に没収されてしまったからだ。

「たしかにもう一つの腕輪も見つかったと報告は受けておりますが、エルフがそんなことをする理由はあるのですかな？」

「もちろん。もう片方を探すために自分を攫わせることが、まず第一の目的でしょう。ですが彼らのもう一つの目的のためにも利用しようとしたのでしょうね」

エルフのもう一つの目的とはいったいなんのことだと法廷内のドワーフたちがざわめく中、ルチマダは言葉を続ける。

「これが身に付けた者同士の心を繋ぐ魔道具であるということは、ドワーフ族なら誰もが知っているでしょう?」

そこは俺が師匠から聞いていた話と同じだが……

ルチマダはもう一つの目的について語り出す。

「エルフとその仲間たちは、愚かにもその力を利用しようとしたのです。このエルフと意識を繋いで、モグラの抜け穴の情報を得るためにね……まったく、無知というのは哀れですな」

実際俺たちはその力を使ってここまでやってきたのだからその推測は正しいとも言える。

しかし無知とはいったいどういう意味だろう。

「ふむ。つまり彼らは知らなかったのですな——」

首を傾げていた俺だったが、裁判長が続けた言葉に、思わず声を上げてしまいそうになった。

「——誓約の指輪はドワーフ族以外には使うことが出来ないということを」

どういうことだ?

俺たちはグラッサの腕輪を使ってここまでやってきたのに、奴らの言い分を信じるならそれはあり得ないということになる。

俺の驚きをよそに、裁判長とルチマダの会話は進んでいく。

「彼らもそのことを知って、かなり焦ったのではないでしょうかね」

「ふむ。利用しようとしていた魔道具が使えなかったのですからな」

「それでもここまでやってきたということは、何かしら予備の追跡方法を用意していたのでしょう。例えば獣にだけ嗅ぎ分けられる匂い袋とかね」

ルチマダは『獣』という言葉と共に、ヴェッツオを一瞥《いちべつ》する。

獣人族にとって、獣と同一に扱われることは最上級の侮蔑《ぶべつ》であると聞いている。だがそれでも、ヴェッツオは拳を握り、堪《こら》えてくれているようだ。

「たしかに匂い袋などを使えば後を追うことは可能でしょうな。しかしそれでは連絡は取り合えない」

「仲間との連絡手段を失った場合、どこかで合流することになっていたのでしょう。エルフの魔法を使えば、我々など簡単に出し抜けるとでも思っていたのでしょうね」

「相変わらず傲慢《ごうまん》な種族ですな。しかし結局逃亡に失敗して騒ぎになり、仲間まで捕縛されてしまったと」

連絡か……だが、俺には一つ、気になることがあった。

たしかにあの腕輪を通じてチェキの心はグラッサに伝わってきたが、グラッサの心はチェキには届いていないようだった。

もし俺たちが救出に向かっていると彼女が知っていたなら、無理に逃げ出すことはなかっただろう。

俺がそう考えている横では、未だにルチマダの演説が続いていた。

「オルチたちがエルフ密入国ほう助の容疑で捕まったと連絡を貰ったので、すぐに駆けつけたのです」

「それから憲兵隊を例の建物に向かわせたのですな」

「ええ。彼らが私の指示を無視して、私が知らない違法な抜け穴を利用してエルフを連れてきたとなれば、仲間が追ってくる可能性があると思い至りましてね」

「ほう。ルチマダ議員はあの抜け穴のことは知らずに三人に命令をしたと？」

「はい。あのような危険なものを彼らが使用していると知っていたなら、私は即座に彼らを憲兵に差し出したでしょうね」

ルチマダは三馬鹿に視線を向けながらそう言った。

奴がモグラの横穴の存在を知らなかったなんて、真っ赤な嘘なのは誰の目にも明らかだ。

しかしこの法廷では、既にそれが事実として処理されているらしい。

あからさまな茶番である。

「もちろん私はしらを切ることも出来たのです。ですがエルフがこの国に侵入するための手段を探していると知った以上、それを自らの罪を隠すために見過ごすことは出来なかったのです」

そこでルチマダは一呼吸溜めると傍聴席を振り向き――

「だから私は、この事件への関わりと経緯を正直に証言するためにここに立ちました」

大仰《おおぎょう》な身振りを加えながらそう言い放った。

そんな彼の動きは、俺から見るとあからさまにわざとらしい演技でしかないのだが、法廷を揺るがすほどの歓声が上がった。

……理解出来ない。

ルチマダの言っていることは何もかもデタラメだし、そもそもエルフがなぜドワーフ王国に潜入する必要があるのかも、潜入して何をするつもりだったのかも語っていない。

ドワーフたちは、ただエルフが憎いという感情と、この場の空気に酔っているだけなんじゃなかろうか。もしかすると、傍聴人の何割かはルチマダが仕込んだサクラなのかもしれない。

そうでも思わないと、俺の思考では理解出来なかった。

しかしこんな雑な話を信じてしまうような連中を、どう説得すればいいのか。

頭が痛くなってきた。

法廷で矛盾を突きまくって無罪を証明すればチェキを救出出来ると思っていたが、どうやら甘い考えだったようだ。

いっそ、ここにいる全員をぶちのめしてチェキを連れ去ろうか。

そんなことを考えたときだった。

背後の傍聴席から湧《わ》き上がる歓声に、恐怖を感じたのだろうか。

被告人席で俯いていたチェキが、ふいに顔を上げ後ろを振り返った。

当然、彼女の後ろで裁判を見ていた俺たちとチェキの視線が交差する。

驚愕の表情を浮かべたチェキの視線は、ニッカとグラッサを何度か往復したあと、隣にいる俺とヴェッツオに向けられた。

彼女の顔に一瞬、「誰だろう?」という表情が浮かんだのは仕方がない。

なんせ俺とヴェッツオは彼女とは初対面なのだから。

そのとき俺はあることに気が付き、それと同時に、この裁判が真《しん》に茶番だということを完全に理解した。

先ほどからチェキは、口を大きく開いて何かを喋るような仕草をしているのだが、声は発されていない。

そういえば裁判の最中にも、チェキは何度か反論をしようとするような仕草を見せていたが、やはり言葉は発されていなかった。

「……なるほど。チェキにも俺たちと同じ言葉封じの魔道具を付けて喋れなくさせてたのか」

たしかにチェキがエルフだとすれば、魔法を封じるために言葉封じの魔道具を付けるのはおかしくはない。

しかしそれでは、チェキはこの裁判の最中はなんの反論も出来ないということになる。

そのことを裁判に関わっている者たちは知っているのだろうか。

もし裁判長もそれを知っていて、その上で「沈黙は認めたと同じとする」なんていうことを口にしたなら、卑怯にもほどがある。

「おい！　何をしている！」

チェキの左に立っていたドワーフの一人が彼女の動きに気が付き、その肩を掴んで無理矢理元のように正面を向かせる。

そのときだった。

ドワーフサイズの大きめの囚人服を着せられていたせいだろう。

彼女の襟元が緩み、肩から上が露わになる。

「あれは」

言葉封じの首輪のすぐ下辺りに、痛々しい火傷の痕が刻まれているのが見えた。

一瞬、拷問でもされた痕かと考え殺意がわき上がる。

しかしその痕には真新しさがなく、それが元からのものだと俺は理解した。

首元を開けると見えてしまうような位置にあるその痕は、彼女が男装をしていた理由の一つなのかもしれない。

「被告人は勝手な行動を慎むように」

壇上から裁判長の言葉が投げかけられる。

それと同時に、傍聴席からもチェキの行動に対する非難の声が上がった。

傍聴人のドワーフたちは、ルチマダの演説のおかげで既にチェキを完全に敵認定していた。

純粋といえば聞こえはいいが、彼らのあまりの単純さに俺は目眩《めまい》すら覚える。

そんなとき――

「卑怯者っ!!」

傍聴席に向かってグラッサが大声で怒鳴りつけた。

「何が裁判さ！　一方的に人を犯罪者に仕立て上げて、言葉まで封じて反論すらさせないで!!」

必死に我慢《がまん》していた彼女の言葉は、もう止められない。

「どいつもこいつも髭だけは立派だけど頭は子供以下ね！　田舎の子供の喧嘩《けんか》でももう少しマシよ！」

俺は内心では「もっと言ってやれ」と思いつつヴェッツオに目で合図を送る。

こうなってしまったからには仕方がない……というかこんな茶番では、どうあがいてもチェキは有罪になるしかない。

こうなれば実力行使に出るしかない。

「ぐわぁっ」

「ぎゃあっ」

俺が左、ヴェッツオが右。

俺たちを監視するために立っていた二人のドワーフを、俺たちは同時に一撃で沈める。

ドワーフが倒れたのを確認しながら、ヴェッツオが尋ねてくる。

「トーア、これで良かったのか？」

「ああ、俺もグラッサと同じく我慢の限界だったしな」

すると、警備のドワーフたちが慌てて俺たちを取り囲むように駆け寄ってくる。

「何をする、貴様らっ」

「取り押さえろ！」

俺は未だに罵声を叫び続けているグラッサに飛びかかろうとしたドワーフを殴り倒す。

「ヴェッツオ、あとは頼んだ」

そしてヴェッツオにそう告げると、裁判官が居並ぶ壇上に目を向けた。

そこには突然の騒ぎに焦った表情の裁判長がいる。

だが俺の獲物はあいつじゃない。

「あそこでふんぞり返って、他人事みたいな顔をしてる奴に確かめたいことが出来たからな！」

俺はヴェッツオにそう告げると、どういうわけか先ほどからずっと、チェキを複雑な表情で見続けているグレンガ王に向かって走り出した。

喚いて暴れているグラッサや俺たちではなく彼女を見ているのには何か理由があるに違いない。

「拘束が外れているだと！」

「馬鹿な。魔法も力も封じたはずではないのか」

「牢番どもは何をしていた！」

「とにかく追え！　逃がすな！」

俺が飛び出したことで、ヴェッツオたちを包囲していた兵士の一部が慌てて追いかけてくる。

残りの人数相手なら、ニッカとグラッサを守りながらでもヴェッツオであれば問題ない。

「おい、あいつは出口に向かってないぞ」

「逃げるつもりではないのか!?」

「王を狙ってるぞ！　王を守れ!!」

そんな声が背後から聞こえてくるがもう遅い。

無詠唱でかけていた身体強化魔法によって強化された俺の速度に、追いつける者はいない。

「痴《し》れ者がっ！」

そんな俺の前に、王の横に控えていた例の護衛が立ちはだかり、背負っていた斧を両手で構える。

王の護衛だけあって、他のドワーフたちとは格の違いを感じる。

「通らせてもらうよ」

「真っ正面から突っ込んでくるとは愚かなっ！　死ねっ！」

速度を緩めない俺に向かって、護衛は殺意を含んだ斧を振り下ろす。

その切っ先が狙い澄ましたように俺の頭部に直撃する直前――

「氷壁魔法《ブレシングアイスウォール》!!」

俺は準備していた魔法を放つ。

その瞬間、ドワーフの足下から、氷柱《つらら》のような氷の壁が天井に向けて突き上げるように現れた。

「げぼあっ」

護衛の男はその柱によって天井へ叩き付けられ、口から大量の血を吐き出す。

俺のことを殺しにかかってきた以上、情けをかけるつもりはない。それに頑丈なドワーフのことだ、この程度で死ぬことはないだろう。

「ちょっと退いてくれよ」

天井のかけらが降り注ぐ中、俺は勢いをそのままに、反対側で呆然《ぼうぜん》としている側近らしきドワーフも蹴り飛ばす。

「さて、邪魔者はいなくなったかな」

これでグレンガ王を守る者はもういない。

俺は収納からショートソードを取り出しながら、いったい何が起こったのかまだ理解出来てない王の背後へ回り込むと、その刃を彼の首筋に当て叫んだ。

「王の命が惜しければ全員動くな!!」

最初その言葉に従ったのは、俺を追ってきていた数人のドワーフ兵たちだった。

壇上への階段の途中まで上ってきた先頭のドワーフが慌てて足を止めると、後ろから次々と玉突きのように衝突していく。

「お、お前たち！　動くな!!　王が人質に取られた!!」

ドワーフ王国の王は象徴的なもので人間族などの王とは立場が全く違う。だから王を人質にとったとしても意味があるかはわからなかったが、どうやら効果はあったらしい。

「この手を離せ」

ヴェッツオを組み伏せようと掴みかかっていた数人のドワーフが、彼の言葉を聞いて慌てて手を離す。

さすがのヴェッツオも女の子二人を守りながらではドワーフを相手にするのは辛かったようで、鋭い牙《きば》の並ぶ口の端からは血が流れていた。

「卑怯者め」

「やはり人間族は卑劣な種族だ」

そう吐き捨てながらヴェッツオから離れるドワーフと入れ替わるように、ニッカがヴェッツオに駆け寄って、治療のために彼の顔に手を伸ばす。

俺は法廷中をぐるりと見渡し、全員が動きを止めたことを確認してから、グレンガ王の耳元に口を寄せた。

「貴方に聞きたいことがある」

「何をだ」

グレンガ王は平然と応えるが、精一杯の虚勢を張っていることは声音からわかった。

「さっきチェキを見て、一瞬驚いた顔をしてただろ？　その理由を教えてほしくてね」

「何のことだ？」

「あの娘の首筋が見えたとき、アンタはそれを見て驚いてただろ？」

その言葉を聞いて、王は僅かに返答を遅らせる。

「……そんなことは知らんな。我はドワーフ族の宿敵である憎きエルフを睨んでいただけだ」

「嘘だね」

俺は王の言葉を即座に否定する。

「嘘だと？」

「ああ。たしかにアンタは法廷に現れてからあの瞬間までは、チェキを他のドワーフたちと同じ嫌悪に満ちた目で見ていた」

「それなら嘘ではないではないか」

「でも、あの首筋の痕を見てから、アンタのチェキを見る目が変わったんだよ」

「……たとえ殺されようとも、知らないものは答えられん。お前と話すことは何もない」

そこまで口にすると、王は目を瞑《つむ》り口を強く引き結ぶ。

「このままだんまりを決め込む気なら俺にも考えがある」

命よりも口にしたくない秘密、か。

だが、王にはここでその理由をハッキリさせてもらわないと、人間族だけでなくエルフ、そして獣人族を巻き込んだ戦争になりかねない。

……ならば、ドワーフにとって命を失うより恐ろしいと聞いたことに手を出すしかない。

俺は手にしたショートソードの刃をグレンガ王の首筋からゆっくりと移動させ――

「この立派な髭を剃《そ》って、アンタをさらし者にしてあげるよ」

そう王の耳元で囁《ささや》いてやる。

「ひ、髭を⁉　こんな公衆の面前で我の髭を剃るというのかっ‼」

効果は覿面《てきめん》だった。

俺の言葉を聞いた瞬間に、グレンガ王の体が激しく震え始めたのである。

そのせいでショートソードの切っ先に触れた髭の一部が切れ、はらはらと床に舞い落ちる。

「ひぃぃぃぃぁああっ」

その舞い落ちた髭が見えたのだろう。

グレンガ王は、とても一国の王とは思えない情けない声を出す。

ドワーフは命よりも髭が大事とは聞いていたが、まさかここまでとは。

俺は間違ってこれ以上髭を切ってしまわないように、ショートソードを髭から少し離す。

「さて、どうする？　喋るか髭を剃られるか、どっちがいい？」

「……わかった。知っていることは全て話す。だが、ここでは話せない」

諦めたのか、グレンガ王は俺にだけ聞こえるような小さな声で答えた。

「それはどういうことかな？」

「未だ確信が持てぬことをこのような場で口にすれば、国民に大きな混乱を招きかねないからだ……頼む」

しかし俺は、もう一度髭に刃を近づけることで、拒否を示した。

俺が考えていることが正しければ、それは今この場で、国民が居並ぶ中でこの国の王がきちんと証明をしなければならないことだと思うからだ。

「それじゃあ俺が代わりに言ってやろうか？」

「……貴様、何をどこまで知っている！」

「何も知らない。だけどこの裁判で色々聞いた話と、アンタのさっきの態度を見てもしかしてってって思ってね」

本来ならドワーフにしか扱えないはずの誓約の腕輪。

「あの腕輪をチェキが使えたことを知ってるか？」

俺の言葉に法廷内がざわつく。

「つまりチェキはただのエルフじゃない。ドワーフとエルフ、両方の血を引いている可能性があるってことだ」

続けて俺は法廷内に響くように言い放つ。

おかげで俺たちに注目していた人々の間に、一気にざわめきが広がっていった。

「だからドワーフにしか使えないはずの魔道具がチェキにも使えたんだ」

チェキにドワーフの血が流れているのなら、ドワーフにしか使えない魔道具が使えた説明がつく。

そしてグラッサの方からチェキに情報が伝わらなかった理由も。

「……」

「だけどそれだけで、アンタがあんな驚いた表情を見せるわけがない」

沈黙。

髭がまた数本床に落ちていくが、王は今度は取り乱さず、俺の次の言葉を待っていた。

「だから俺は考えたんだよ。もしかしたらチェキは……王様。アンタの隠し子じゃないかってね」

「!?」

エルフと激しく敵対し合っているドワーフ。

その国の王がエルフとの間に子をなしていたなんていうことが明るみに出れば、とんでもないスキャンダルに違いない。

だから彼はチェキが自分の娘なのかどうかを確かめるために、本来なら王が出向くはずのない法廷にまでやってきた。

そしてさっき彼女の首元の痕を見て、チェキが自分の娘であることを確信した。

そんなところではないだろうか。

俺はドヤ顔で、グレンガ王にその真実を突きつけた。

——つもりだった。

「くっ……くっくっくっく……あーっはっはっは」

だが王の態度は俺の予想とは全く違い、髭が刃に触れて削れるのも忘れ、大声で笑い始めたのである。

「えっ？」

思わず間の抜けた声を上げる俺に、王は力強く言い放つ。

「違う。我々ドワーフ族は一人の相手を一生涯《いっしょうがい》愛する。故に隠し子など存在しない！」

「一度の過《あやま》ちぐらい、ドワーフにだってあるだろ？」

「ない！　そもそもエルフなどという髭もろくに生えない種族に欲情するなど変態の所業。あり得ぬ！」

ドワーフ族からすると、エルフ族と結ばれるというのはそこまであり得ないことなのか。

もしかしてこの二種族の仲が悪いのは、お互いがお互いを美的感覚的に嫌悪し合っているからなのじゃなかろうか。

「じゃ、じゃあ、どうしてチェキの痕を見てあんなに驚いていたんだよ」

「確証もないままこのような場では言いたくはなかったが、不義理を疑われるくらいなら言わせてもらおう」

まさか、髭が剃られるよりも不義理を疑われる方が嫌だったとは。俺はまだドワーフの生態を理解していなかったようだ。

そんなことを考えている間にも、王は話を続ける。

「我はただ昔、父から聞いた話をその娘の痕を見て思い出しただけにすぎない」

「いったい何を思い出したんだ？」

「父は、かつて失われたドワーフとエルフが共に生活するエルドワ自治区と呼ばれた地の宮殿《きゅうでん》に勤めていたことがあってな」

グレンガ王の父親というならグレンガ二世だろうか。

その人物が、例の暗殺事件が起こった宮殿に勤めていたという。

「その父が、あの暗殺事件の後に私にだけ教えてくれたことがあったのだ」

まさか暗殺事件の真相を、王の父親が知っていたとでも言うのだろうか。

……それとも父親が犯人だった？

いや、それならこんな公の場で言えるわけがないか。

「いったい何を」

「悪魔の子のせいだと」

悪魔というと魔族が思い浮かぶが、チェキはたぶん、ドワーフとエルフのハーフだ。魔族の血が流れているとは思えない……。もそもこの世界の魔族は、別に悪魔や魔物というわけではない。

それではますます、悪魔の子というのが何なのか気になる。

「悪魔の子とはどういう……」

「父は、二人が殺されたのは二人が自分たちの娘を――悪魔の子を庇《かば》ったからだと言ったんだ」

「それとチェキが何の関係があるってんだ……って、まさか」

「確信はない。だが父はこうも言っていた。その悪魔の子の首筋には、幼い頃に負った傷が醜《みにく》く痕として残っていると……それが悪魔の証だとな！」

「……アンタが言っていることがもし本当だったとしたら、チェキは生死がわからなくなっていた――」

「その通り。あの自治区で生まれた、エルフとドワーフが友好を目指した証の子であり、エルドワ自治区の忘れ形見《がたみ》……ということになるな」

俺は視線を、ドワーフたちの手から逃れてこちらを見上げるチェキに向けた。

その瞳には、先ほどまでの恐れと諦めの色はない。

「それが本当かどうか、本人に聞いてみようか」

彼女の瞳が真実を語りたいと訴えているのを感じ、俺は解錠魔法《アンロック》で彼女の戒《いまし》めを解除する。

「チェキ、これで君は自由に喋れるようになったはずだ」

「え……あ……あーあー……」

チェキは声が出るのを確かめるように、片言の言葉を口にしながら首輪を外す。

「助かりました、ありがとう」

「お礼ならそこにいる二人に言ってくれ。こんなところまでやってきたのは、その二人に頼まれたからでもあるんだ」

チェキは俺にそう言われて、証人席にいるニッカとグラッサの方に向いて口を開きかけ――

「お礼なんていらないよ」

「そうです。むしろ私たちが余計なお買い物を頼んだせいで、チェキさんは攫われたんですから。こちらが謝らないと……」

二人に礼を断られ、チェキは困惑の表情を浮かべながらも口を開く。

「ううん。攫われたのはボクが不注意だったからだよ。あの腕輪を見て、掘り出し物を見つけたって嬉しくなって浮かれてたから……」

「そんなの、アタシだってひと目見て綺麗だしかっこいいなってすぐに買っちゃったくらいだもん。同じだよ」

「え？　かっこいい……かな？　たしかに赤い色は綺麗かもしれないけど、出来は悪いしかっこよくも……」

グラッサの美的センスに戸惑うチェキ。

そのときである。

彼女の背中に向けて、今まで事の成り行きを法廷の端で見守っていたルチマダ議員が、短刀を握りしめて襲いかかったのだ。

「チェキ！　危ないっ後ろろっ！」

「避けてっ‼」

「っ！」

グラッサたちからはルチマダの動きが見えていた。

しかし当のチェキは、背後からまさかこの状況で襲われるとは思いもしなかったのだろう。慌てて振り返ろうとするが間に合いそうにない。

俺は慌てて、奴の動きを止めるべく魔法を放つ。

「氷拘束魔法《ブレシングアイスバインド》！」

「しゃらくさい！　業火魔法《ブレシングヘルファイア》」

「なにっ！」

しかし俺の氷魔法《ブレシングフリーズ》はルチマダの炎魔法によって、一瞬でかき消されてしまう。

ドワーフが土属性魔法の他に、火属性魔法もある程度使えるということは知っていた。

だが俺の氷拘束魔法《ブレシングアイスバインド》を溶かすほどの火属性魔法を使える者がいたとは驚きだ。

しかしかき消されたとしても、俺の足止めは無駄ではなかった。

僅かにルチマダの足を止めたことによって、チェキが奴の攻撃に対応するだけの時間は稼げていた。

「風魔法《ブレシングウィンド》っ！」

「ぐあっ」

チェキの放った風魔法《ブレシングウィンド》がルチマダを吹き飛ばし、奴を反対側の壁に叩き付ける。

「ハーフといってもさすがエルフだな。風魔法《ブレシングウィンド》であれだけの威力を出せるなんて」

意識を失い動かなくなったルチマダを壇上から見下ろしながら、俺は呟く。

「しかしどうして奴はチェキを襲ったんだ？　何か知らないか？」

「し、知らんわ！　彼奴、いったいなぜ……」

グレンガ王もルチマダの突然の凶行に、動揺を隠せていない。

その姿を見る限り、言葉が嘘ではないとわかる。

「誰かっ！　その男が気を失っているうちに呪文封じの首輪を付けて拘束して！」

騒然とする法廷内にチェキの声が響く。

その声音は強く激しいもので、ルチマダを睨み付ける彼女の瞳に浮かぶ激しい憎悪と怒りに、俺の背筋に冷たいものが走るほどだった。

「は、はい！　おい誰か、魔封じの首輪をもってこい！」

「え、でも」

「いいから急げ！」

あまりのチェキの剣幕に、上官らしき兵士が部下に指示を出す。

「チェキ。君はルチマダがこんなことをした理由を何か知ってるのか？」

俺はルチマダを睨み続けるチェキに問いかける。

するとチェキは目元を緩ませ、また哀しげな表情を浮かべながら言った。

「……ボクが悪魔の子だからだよ」

自分は悪魔の子。

そうチェキは、はっきりとその口で言った。

「ということはやっぱりチェキ……君はあの」

「うん。ボクはドワーフとエルフが仲良く暮らしていた自治区で生まれた、エルフの王とドワーフの妃の間に生まれた一人娘……ラチェッキ・エルドワだよ」

「ラチェッキ・エルドワ。それが君の本名なのか」

「そうだよ。父さんと母さんがボクに付けてくれた愛おしい名前……だけど皆、陰では悪魔の子としか呼ばないけどね」

また悪魔の子か。

いったいなぜ、彼女はそんな二つ名で呼ばれるようになったのだろう。

「ラチェッキ、お前の力のことは父から聞いている」

ガタン。

髭の端が切れるのも構わず、チェキの告白を聞いたグレンガ王が立ち上がった。

「故にあえて問う。あの男はいったい何者なのだ？」

そう言ってグレンガ王が指を突きつけたのは、今まさに魔封じの首輪を嵌められたばかりのルチマダだった。

どういうことかわからず、俺は王に尋ねる。

「おい。何者って、どういう意味だよ？」

「うるさい。黙って聞いていろ」

先ほどまで髭を切られることに怯えていた者と同一人物とは思えない強い声に、俺は口を噤《つぐ》む。

「……こんなところで言っていいの？」

「かまわん。お前が悪魔の子であり、あの力が真実であるなら私も王として動かねばならん」

「わかった。じゃあ言うよ」

チェキは王に向けていた視線をルチマダに戻すと、俺が想像してもいなかったことを口にした。

「そこにいるルチマダはドワーフじゃないよ」

「ふむ。というとやはりエルフが化けて――」

エルフが化ける？

たしかにエルフは風魔法《ブレシングウィンド》以外に幻惑魔法も得意だ。

エルフの森に一度入り込むと二度と出られないとか、エルフの国へは案内なしでは絶対にたどり着けないと言われている。その理由は、彼らの住む土地に幻惑魔法がかけられているからである。

ならばその力を使えばドワーフになりすますことも可能だと考えたのかもしれない。

しかしそうだとすると、チェキはエルフの幻惑を看破出来るということなのだろうか。

「違うよ。そいつはエルフなんかじゃない」

しかし俺のそんな考えは、チェキの一言で否定される。

「では何だというのだ？」

「魔族だよ」

「なんだと？」

「そのルチマダって奴は魔族だって言ってるんだよ!!」

チェキの瞳に、一瞬危険な光が見えた気がした。

「ルチマダ議員が魔族……」

「戯《ざ》れ言を」

「何を根拠に」

チェキの告発にざわめく法廷に王の声が響く。

「ラチェッキ。ルチマダが魔族であるという証拠はあるのか？」

「王様はボクの力を知ってるんだよね？」

「聞いてはいるが、お前の力は目に見えるものではない。それに次期国王候補の一人を魔族が化けた者だと言うなら、誰にでもわかる証拠が必要であろう？」

グレンガ王の言葉にチェキは小さく頷き返すと、ルチマダを指し示す。

「その人の足首に付いてる魔道具を外してみればわかるよ」

「……誰か、確認を」

王の命令に、ドワーフの一人が慌ててルチマダのズボンの裾を持ち上げる。

するとルチマダの足首には、たしかに黒い輪っか状のアクセサリーが嵌められていた。

「横にボタンがあるはずだから、それを押したら外れると思う」

どうやって外せばいいのか迷っていたドワーフに、チェキがそう助言をする。

すると――

「外れました!!」

カチリという小さな音と共に、ルチマダの足首からアクセサリーが取り外された。

そして次の瞬間、ルチマダの脚から魔道具を取り外したドワーフが、悲鳴を上げて数メートルほど退く。

「うわぁっ!?」

なぜなら、法廷中の視線が集中する中、ルチマダの体が、ずんぐりむっくりなドワーフ体系から、倍はありそうな巨躯《きょく》の男へ変化していったからである。

同時にドワーフらしい髭が外れて床に落ちると、法廷中が一瞬だけ静まる。そして直後、今まで以上の悲鳴が法廷に響き渡った。

「いやああっ髭がっ髭がっ……」

「なんてことだ」

「恐ろしいっ」

どうやらドワーフたちにとっては、ルチマダが正体を現したことより、髭が抜け落ちたことの方がショックだったらしい。

「静かにっ!!」

そんな彼らに、グレンガ王の一喝《いっかつ》が放たれた。

「ルチマダのその姿。たしかに我らドワーフではないことはわかった。そしてお前の力が聞いていた通りだということもだ」

未だざわめきの残る法廷内に、グレンガ王の声が響く。

「そこで改めて尋ねたい。お前の両親が殺された日のことを」

「……」

「それはおまえが悪魔の子と呼ばれていたことに関係があるのだな？」

「……そうだよ。ボクの力で、あの日も同じように紛《まぎ》れ込んでいた魔族を見つけたんだ……」

チェキはそう答えると、傍聴席をゆっくりと見回してから、もう一度王を見上げた。

「傍聴席の中にも四人魔族がいるよ」

その驚くべき言葉に、俺はもちろん、グレンガ王も目を丸くする。

「なんだと。ルチマダと同じような魔道具をつけておるのか？」

「手首か足首を調べるといいよ」

チェキの言葉に、グレンガ王は即座に兵士へ指示を出す。

しばらくして、チェキの言った通り、四人の魔族が全員髭をひっぺがされ引き出されてきた。

「本当にいたのか……いったいチェキの力ってなんなんだ」

俺はルチマダに並ぶように縛られて座らされた四人を見ながら、王に尋ねる。

「人の心を見る力……だと聞いている」

「読心術ってことか？」

「ああ。しかしそれほど深く心の中までは見えるわけではないらしいがな。ラチェッキ、おまえの口から説明してやるがいい」

王は疲れたように椅子に腰を下ろすと、続きをチェキに任せ目を閉じた。

彼女は少しだけ口ごもったが、やがて意を決したように顔を上げると口を開く。

「……わかったよ。ボクがその力を無邪気に使いすぎたせいで何が起こったのか、トーアにも教えてあげる」

そんな前置きと共に語られたのは、こんな内容だった。

エルドワ自治区が軌道に乗り、両種族間の交流が盛んになりはじめた頃になっても、その現状にあまり良い感情を持っていない者たちも少なからず存在していた。

彼らはその現状を打破すべく、様々な妨害活動を行っていたという。

そして時にはその牙を隠し、自治区を治めるチェキの両親の懐に潜り込もうとまでしたらしい。

しかし二人の傍《かたわ》らには、生まれながらにして、人の心を読む力を持つチェキがいた。

表面上いくら取《と》り繕《つくろ》うとも、彼女にはすぐそれが偽《いつわ》りだとわかってしまう。

そして幼かった彼女は、少しでも自分や家族に悪い感情を持っている人たちを見つける度に、それを指摘し続けた。

チェキからすれば、それは正しい行いだったのだろう。

しかし彼女のその行為は度が過ぎていた。

「今考えたらわかるんだよ。人は誰しも他人に対して、百パーセントの好意や信頼なんて寄せられるわけがない。だからボクは、見た全てを報告する必要はなかったんだよ」

しかしチェキはそれを全て報告していた。

その結果、エルドワ自治区の宮殿内から、どんどんと人が排除《はいじょ》されていき、追放された人々はその悪感情を増幅させていった。

「いつしかその人たちの口から、ボクのことがいろんなところに伝わってね……ボクは悪魔の子だと言われるようになっていたんだ」

「くっくっく……」

チェキの話を聞くために静寂が支配していた法廷に、小さな笑い声が響く。

「あのとき、やはり草の根を分けてでも貴様を探し出して殺しておくべきだった」

その声の主は、チェキの魔法によって意識を失っていたルチマダのものだった。

「気が付いたか」

王の言葉に、彼は不敵な笑みを浮かべて答える。

「気など最初から失ってはいなかったがな」

「なんだと！」

「だから王よ。お前がそのエルフの正体に気付き、惨めに狼狽《うろた》える姿も見ていたし、馬鹿なドワーフどもが喚く声も聞いていた」

ルチマダはそう口にしながら立ち上がる。

縄で何重にも縛られて、魔封じの魔道具を付けられていたはずだが、いつの間にかその戒めは解けていた。

「貴様、いつの間にっ」

「押さえろ！」

慌てて飛びかかるドワーフ兵を、ルチマダは「邪魔だ」と腕の一振りで吹き飛ばす。

「私を——魔族をお前らごとき雑兵《ぞうひょう》が押さえられるわけがないことぐらい、わかっているだろう」

ニヤリと笑う口元から覗く牙。

見開かれた瞳は、いつしか血のように真っ赤に染まっていた。

「まさか……お前は」

その瞳と牙を見たとき、俺は奴の正体に気が付いた。

ルチマダの正体はヴァンパイアだ。

ヴァンパイアというのは、強大な力を持つ魔族で有名である。それは前世でも今世でも同じだ。

「だけどいくらヴァンパイアだってドワーフの拘束を解くほどの力があるはずが……」

「私は始祖の一族だと言えば、貴様にもわかるかな？」

——ぞわっ。

その言葉が耳に届いた瞬間に、俺の体中の毛が震えた気がした。

「始祖の一族が魔王の配下にいるなんて聞いたことないぞ」

始祖の一族とは、魔族の中でもトップクラスの実力を持つヴァンパイアのことだ。

強大な魔力と力を持ち、これといった弱点も存在せず、たとえ殺そうともいずれ復活する不死の王。

そんな者が魔王の軍門に降って部下として働いているなんて初耳だ。

「私が嘘をついているとでも言いたいのかね。証拠は先ほど見せたはずだが？」

もしかして、チェキを襲ったあのときのことか。

俺の氷魔法《ブレシングフリーズ》を、ルチマダが一瞬でそれを上回る威力の炎で消し去ったシーンを思い出す。

だが、あの程度のことならある程度の実力を持つ魔族であれば不可能ではないはずだ。

……いや、まて。

たしかあのとき俺の放った魔法は、溶かされたのではなく消されたように見えた。

「まさかあのときお前がやったのは」

「やっと気が付いたようだな」

俺はルチマダが炎魔法で氷を溶かしたと思っていた。

しかし考え直してみれば、それではおかしいのだ。

氷を一瞬で溶かすほどの炎がぶつかった場合、一瞬で水が蒸発したとしても水蒸気爆発のようなことが起こるはずだ。

なのにあのとき、ルチマダの炎に包まれた氷はまるで存在すらなかったかのように消えたのである。

「……まさか魔法を打ち消したのか」

「思ったより強力な魔法だったのでな。とっさに力を使ってしまったのだよ」

魔法とは、魔力を使って作り出される現象である。

言い換えると、魔法で作り出されたものは、魔力が変化し現象として現れたものだ。

俺が作り出した氷も、元をたどれば魔力。

だからルチマダは、自らの力で強制的に氷を魔力に戻し、消し去ったというわけだ。

「この私に一瞬でも力を使わせたこと、誇りに思うがいい」

「あの一回だけで信じろと言うのか？」

その言葉にルチマダは手のひらを俺の方に向けて嗤《わら》った。

「それならもう一度やって見せようか？　今度はお前の存在ごと消し去ってしまうかもしれんがな」

「ちっ」

さすがの俺でも、始祖の一族を相手にするとなれば周囲に気を配るほど余裕はない。

今ここで戦いになれば、仲間たちを巻き込んでしまうだろう。

「どうした？　かかってこないのか？　ならば先にドワーフの愚民どもから殺すとしようか」

俺が動けないでいると、ルチマダは手のひらを俺から傍聴席の方へ向け、挑発するような言葉を口にした。

……いや、あれは挑発ではない。

ルチマダは本気でやるつもりだ。

「ひゃあああっ」

「逃げろ！」

「こ、こんなところで死にたくないっ」

ルチマダから殺気が放たれた途端に、ドワーフたちが我先と法廷の出口へ殺到する。

「おいっ、開かないぞ」

「誰かが鍵を閉めやがった！」

「ぶち壊せ」

「だめだビクともしねぇ」

だが彼らが向かった先の扉は、一向に開く気配がない。

それどころか、ドワーフの怪力で力任せに壊そうとしても、びくともしていなかった。

さすがドワーフの作ったものは頑丈だ……というような話ではないことは、次にルチマダの口からこぼれた言葉で判明した。

「この法廷は全て、私の優秀な配下が封鎖している。無駄なあがきはやめることだ」

「我々をここに閉じ込めてお前はどうするつもりなのだ？　いや、そもそもお前の目的はなんなのだ？」

ルチマダの言葉を聞いてもなお扉を開けようと必死なドワーフたちとは違い、一人落ち着き払った表情で彼に声をかけたのはグレンガ王だった。

「答える必要があるとでも？」

「正体をわざと見せたのだ……どうせ我々全員をここで殺すつもりなのだろう？　なら貴様が何をしようとしているのか、最後に話してくれても良いのではないか？」

グレンガ王の達観したような表情に、ルチマダは掲げていた腕を下ろした。

そして王を仰ぎ見て不敵な笑みを浮かべた。

「そうだな。お前らも、死ぬ前になぜ自分たちが死なねばならないのかくらいは知っておきたいだろう」

そう言った次の瞬間、ルチマダの表情は一変する。

その赤い瞳に浮ぶのは憤怒《ふんぬ》の炎か。

ルチマダは俺ですら一瞬震えが走るほどの殺気を込めた目で、法廷中を見回し吠《ほ》えた。

「では死ぬ前に聞け！　穴蔵に逃げ籠もった卑劣なモグラどもよ！」

両手を広げて高らかに声を上げるルチマダに、誰もが動きを止め黙り込む。

「私の目的の一つは、貴様らドワーフと一緒――つまりエルフ族の殲滅《せんめつ》だ」

エルフの殲滅。

もしかしてルチマダは、ドワーフ族の王になることで魔族によるエルフの森侵攻に協力させようとしたのだろうか。

咄嗟にそんな推測が頭に浮かぶ。しかしそれは半分間違っていた。

「我々魔族はかつて、北方の寒く痩せた地でひっそりと暮らしていた。食べ物といえば魔力によって生まれる魔物だけ。そんな地だ」

そう言えば、魔族の成り立ちについても師匠たちから聞いたことがある。

彼らはヴォルガ帝国を興すまでは、それぞれ小規模な集落で、種族ごとに暮らしていた。

元々北方は夏でも寒く、穀物《こくもつ》も育ちにくい土地だったため人口も少なかった。

更にこの世界は極点、つまり前世で言えば南極と北極に近いほど魔力の濃度が高く、それに応じて魔物の数も多く、強くなっていくのだ。

そんな過酷な地で、強力な魔物を糧《かて》として生きてきたこともあって、魔族は他種族をしのぐ魔力量を持つようになったのだとか。

そんなことを思い出している間にも、ルチマダの話は続く。

「南下すれば豊かな地が存在するのはわかっていた。だがそこを支配していたのは、貴様らドワーフとエルフ。どちらも排他的な種族で、他者の侵入すら許さない者たちだった」

魔族の中には飢《う》えと渇《かわ》きに耐えかね、ドワーフやエルフに交易を求めた者もいたという。

しかしその頃の二種族は、今よりも遙かに排他的で、魔族の申し出は全て断られた。

その結果、飢えに耐えかねた一部の魔族は、散発的にドワーフやエルフの領地に侵入して食料を盗むようになった。

「我々魔族は、食料の少なさ故にお互いの生活圏《せいかつけん》が重ならないように生きてきた。それもあって部族同士が協力するということを知らなかった」

散発的に行われる魔族による窃盗行為を、ドワーフやエルフたちもただ傍観しているわけはない。

いくら魔族が強力な魔法を使えるといっても、ドワーフやエルフも力を持っている種族だ。

少数部族での戦いしか知らない魔族たちは、数で押す彼らによって、徐々に各個撃破されていったという。

「そんなときだった。あの偉大なる魔王様が降臨されたのは」

恍惚《こうこつ》とした表情で語るルチマダ。

「魔王様はバラバラだった魔族の集落を巡り、知恵と力でもって全てをその配下に収め、誰も成し遂げられなかった、魔族を一つにするという偉業を達せられたのだ」

魔王のおかげで、魔族たちは共に戦うことを覚え、これまでは倒せなかったような強大な魔物を倒せるようになっていったという。

それによって、多少は食料事情も改善されたらしいが……

「しかしそれでも、北の大地で生きていくことが過酷なのは変わらない。そこで魔王様は遂に、南部へ侵攻することを決意なされたのだ」

当初、魔王はエルフとドワーフの攻勢によって失われた土地の返還を、平和的な話し合いで求めることにした。

かつて魔族が行った行為を反省し、以後同じようなことはさせないという約定《やくじょう》と共に、彼らに許しを請《こ》うたのだ。

だが彼らは、魔王の謝罪を受け入れることはなく、交渉は決裂することになる。

「なぜ奴らが我らへ彼の地の返還を拒んだのか……それを知ったとき、私ははらわたが煮えくりかえる思いだった」

エルドワ自治区。

魔族が失った土地には、既にエルフとドワーフによって、彼らの共存を目指した新たな国が建国されていたのである。

当然、魔族の誰もが奪還を叫び、一部の者たちは先走ってエルドワ自治区へ攻め込んだ。

だがそれを予想していた二種族の守りは固く、魔族側の被害が増えていくだけだった。

そこでとある作戦が立てられ、実行役に選ばれたのがルチマダだったという。

「外から崩せないなら、内側に入り込めばいい……それが魔王様の立てた作戦だった。私は信頼する部下を伴い、姿を偽る魔道具を用いてエルドワ自治区へ入り込んだのだ。奴らは我々魔王軍を簡単に撃退したことで油断しきっていたから、侵入は予想以上に簡単だったよ」

エルドワ自治区に入り込んだルチマダたちは、このドワーフ王国にしたのと同じように表から裏から手を回して自治区の中枢にまで潜り込むことに成功した。

「一見仲良く見せていても、所詮《しょせん》エルフとドワーフは相容《あいい》れない存在だ。我々がつけ入る隙はそこかしこにあった。しかしたった一つだけ誤算が生じたのだ」

ルチマダはそこまで語ると彼を睨み続けていたチェキの瞳を真っ正面から見返す。

「それはお前の存在だ。悪魔の子よ」

手間暇をかけエルドワ自治区に入り込んだ彼らの前に立ちはだかったのはチェキであった。

彼女が持つ、人々に忌避《きひ》されてきた力が、ルチマダたちの陰謀を砕くことになる。

「貴様は、潜入していた同胞たちの正体を暴き、国の要職から追放していった。それでも貴様に出会わぬように慎重に行動を続け、あと一歩で自治区を我がものに出来るところまでいったというのに、貴様が余計なことをしなければ……」

ルチマダは、当時自治区の長であったチェキの父を殺害し入れ替わることで、自治区の権限を奪おうとしていた。

しかし偶然父の部屋を訪れたチェキによって、その正体を看破されてしまったのである。

そして当然、ルチマダの正体に気が付いたチェキは隣の部屋で執務をしていた母親に、そのことを伝えた。

そこまでルチマダが語ると、そのことを覚えていたのかチェキがルチマダを睨み付ける。

「そして正体のばれた貴方は、父さんと母さんを殺した……」

「まさかお前の両親が、逃げることよりお前を守ることを優先するとは予想外だったよ」

「母さんは父さんに、誓約の指輪を使ってそのことを伝えたあと、ボクを隠し通路へ逃がしてくれたんだ。でも中に入ってすぐに外ですごい音がして……」

「言っておくが、先に手を出したのは貴様の父の方だ。私はしかたなく反撃したにすぎん」

ルチマダは肩をすくめる。

「どちらにせよ三人とも殺す気ではいたがな」

そしてそう嗤った。

「当初の計画は失敗したが、結果的にもっと愉快なものを見ることが出来た」

自治区を治める王と妃。

その二人が殺害されたことで、今まで押さえ込まれていた二種族の確執が一気に表面化したのである。

ルチマダたちの計略に、彼らはまんまと嵌まってしまったのだ。

「悪魔の子こそ逃したが、昨日まで仲間面していた奴らが簡単に疑い合い、争い始めたのを見たとき、私はお前たちの愚かさに嗤いが止まらなかったぞ」

二種族の間に生まれた疑念の炎は、止める者もないまま一気に燃え広がっていった。

それはやがて二種族による全面戦争にまで発展し、エルドワ自治区が廃墟《はいきょ》と化すにはそれほど時間はかからなかった。

多大な犠牲者を出し、理想を目指した自治区を失ったドワーフとエルフは、その地を捨てて自らの領地へ撤退《てったい》することを選んだ。

「そうやってがら空きになった土地を、お前ら魔族は一滴の血も流さずに手に入れたってことか」

「せっかくの土地が荒れてしまったのはもったいなかったがな」

俺の言葉に、ルチマダは肩をすくめる。

「それなら、お前たちはもう十分に土地を手に入れたんだろ？」

「そうだ。あの地は既に我らのものだ」

「ならなぜ、今頃になってエルフを滅ぼす必要がある？　もう十分だろ？」

土地を手に入れ、豊かで平和な国を作り上げてきた魔族。

エルフやドワーフたちにはその地に対する執着はなく、彼らから攻め込まれる心配もない。最近では、その二種族との交易も行っている。

そんな状況で、今更エルフ族を滅ぼすことに何の意味があるのか。

俺の問いかけに、しかしルチマダはあっさり一言だけで答えを告げた。

「我々魔族にとって邪魔になったからだ」

プレアソール王国を始め、この大陸中の国家やほとんどの種族にとって、魔族というのは友好的で温和な種族だという認識だ。

差別もなく、豊かな穀倉地帯を持ち、他国や種族とも友好関係にある、世界一平和な国。

「邪魔だからエルフを滅ぼすってのか？」

「その通り」

「それは魔王の指示なのか？」

「様を付けろ、人間族風情《ふぜい》が！」

俺の言葉に、ルチマダが激昂《げきこう》する。

帝国を治めるのは、魔王イサイドだったか。

前世の記憶がある俺にとっては『魔王』というだけで、つい敵認定をしてしまいそうになるが、この世界において魔王とはただ単に魔族を統治している国の王だ。

なので一般的に、彼は魔王ではなくイサイド皇帝と呼ばれることが多い。

たしかに俺が転生する前の前世でも、平和を尊ぶ魔王が出てくる物語も多数あった。

それに伝え聞く皇帝の印象は、何者にも優しく平等に接する心優しき皇帝というものだった。

国内で何か問題が起これば、すぐに適切に対処して、貧富の差も少なく、誰もが平和に暮らしている国を長年維持し続けている。

そんな完璧な統治者が、イサイド皇帝であると。

しかし――

「……完璧な統治者なんて、やっぱり嘘っぱちだったってことか」

俺は口の中で呟く。

完璧な人物なんて存在しない。あるとすればそれは物語の中か誰かの理想像の中だけだ。

そんなことはわかっていた。

前世で困窮《こんきゅう》した生活を送っていたときに思い知ったじゃないか。

優しい言葉を囁く聖人の導く先には、絶望が待っているだけなのだと。

むしろ少しぐらい後ろ暗いところがある人物の、小さな打算込みで差し伸べてきた手の方が、信用出来るのだと。

「邪魔だと言ったな？　いったいエルフの何が邪魔だと言うんだ？」

俺は魔王という者への失望感を隠しながら問いかける。

今まで長い間平和と協調路線を進めてきた魔王が、なぜエルフを滅ぼそうと決めたのか。

それをまず知らなければならない。

「彼奴らが無理難題を我らに押しつけ始めたからだ」

「無理難題？」

「彼奴らが、自分たちこそが神の代弁者だという世迷い言を口にしていることは知っておろう？」

「ああ、そのことなら嫌と言うほど知っているさ」

俺が追放同然に送り込まれた辺境砦。

その砦に集う者たちが戦う相手は、魔の森から溢れ出る魔物だけではない。

「俺はその世迷い言を叫ぶエルフたちと何度も戦ったことがあるからな」

そう、エルフとも幾度となく戦いがあったのだ。

エルフは云《い》う。

我々は創造神によってもたらされた神託《しんたく》のために行動していると。

エルフは云う。

創造神は世界樹を解放せよと我らに告げたのだと。

エルフは云う。

我々は神に選ばれた民なのだと。

世界樹を封印し、神を苦しめる砦を破壊するのが神軍たる我らの使命だと。

かつてこの世界には、何本もの『世界樹』と呼ばれる巨木があったという。

世界樹を産み出した創造の女神は力を使い果たし、後のことは時を同じくして産み出された十神と呼ばれる彼女の子へ引き継がれた。

それがニッカが語って聞かせてくれたあの創世神話である。

長い年月が過ぎ、世界中に存在した世界樹はその役目を終え全て枯れ、その一つが例の獣の森にあったものだ。

「あいつらは魔の森にある世界樹を解放しろとか言ってたな」

辺境砦が建設され、そこに王国の最高戦力が常に置かれるようになった主な理由は、隣接する『魔の森』から溢れ出てくる、凶暴な魔物を王国内へ侵入させないためである。

魔の森は、天から突然落ちてきた火の玉によって出来たという伝承がある。

この世界の人間に隕石《いんせき》とかクレーターとかの知識はないので、正確なところはわからないが、円形状に窪《くぼ》んだ地形からして、その伝承は真実だと俺は思っている。

そしてその隕石の影響なのか、魔の森にはとてつもなく強い魔力が充満していた。

結果、魔の森の中には数多くのダンジョンが生まれ、定期的にスタンピード——魔物暴走が起こっていて、それを押し止めるために作られたのが辺境砦である。

辺境砦にはその完成以来、人間族を中心として多種多様な種族の猛者が集まった。

砦が出来る前に直接的な被害を被っていた獣人族やドワーフ、それだけではなくエルフや魔族までそこにはいた。

彼らの目的は様々で、国や家族を守るために志願した者もいれば、王国内でも最上級の給料が目当ての者もいた。

そもそも強力な魔物からは高価な素材が手に入る。それを求めて高ランクな冒険者パーティも常駐ではないがよく出入りをしていたものだ。

しかし俺が辺境砦に送られるよりも前のこと。

それまで王国と交流もほぼなかったエルフ族の使者が辺境砦を訪れ、神託を理由に砦の撤去を求めたという。

当然、王国側はその訴えを退けた。

しかしエルフ側がそれで納得して引き下がるわけがない。

なぜなら彼らにとって、神の神託は何よりも優先されるべき事柄なのだから。

創造神に逆らうのかと声高に叫ぶエルフたちの目は、狂気に彩られていたという。

そして人間族とエルフの……いや、辺境砦とエルフの戦争が始まった。

しかし森の中では無類の強さを誇るエルフも、辺境砦周辺の平地では分が悪い。更には砦の強度は、エルフ以上の魔法を使う魔物を対策して作られているため、エルフ達では崩しようもなかった。

結果、エルフたちは正攻法をやめ、様々な搦《から》め手を使うようになった。

時に暗殺者を送り込み、時に間者を使って、砦ではなく王国などの国々に混乱を起こそうともした。

しかしその全ての企みは、砦の有能な戦士たちの活躍によって失敗に終わっていた。

それが、俺が辺境砦に送られる前から続いているエルフとの戦いの歴史である。

「そのエルフどもが、魔王様に世界樹の解放を手伝うようにと使者を送ってきたのは数年前のことだ」

エルフたちは、自らの力の限界を悟り、魔族へ助力を求めたのだろう。

「魔王様はもちろんそれを断った。我々には今、人間族と争って良いことなど何もないからだ。だがあの狂信者どもは『神に逆らうのか！』と罵詈雑言《ばりぞうごん》を並べ立て、魔王様を神の敵だと責め立てた。挙げ句の果てには、かつてのように魔族を狩るぞとのたまったのだぞ！」

そこまで語ったところで、ルチマダの瞳に狂気の色が浮かんだかと思うと――

「だから私は決断した。あのときと――エルドワ自治区を消し去ったときと同じように、この私が魔王様に代わって、魔族に仇《あだ》なす者どもを消し去るのだと!!」

ルチマダは一段と声高に、喜悦《きえつ》の表情を浮かべ、哄笑《こうしょう》した。

「うわあああああああああっ!!」

誰もがルチマダの狂気をはらんだ姿に動けずにいた中、ただ一人叫び声のような、そして悲鳴のような声を上げ、彼に襲いかかる者がいた。

「やめろっチェキ！」

「風刃魔法《ブレシングウィンドカッター》ァァァァァ!!」

俺の制止の声と、チェキの風刃魔法《ブレシングウィンドカッター》が発動されたのは同時だった。

既にルチマダの周囲からは人が離れ、彼と未だに意識を取り戻していない彼の部下しかいない。

しかしチェキの放った魔法は、さすがエルフの血を引く者というべきか、少し離れた場所にいたドワーフたちをも巻き込むような威力だった。

彼女の魔法を見た俺は、すぐにドワーフたちに被害が及ばないように魔法で壁を作ろうとした。

だがそんな俺よりも先にルチマダが動く。

「そんなしょぼい魔法で私を殺せるとでも思ったのか？　魔法解除《ディスペル》」

チェキの手から放たれた風刃魔法《ブレシングウィンドカッター》が、法廷中に吹き荒れようとした瞬間だった。

一瞬にして、彼女の魔法がかき消えたのである。

「そん……な……」

おそらく、さっき俺の氷魔法《ブレシングフリーズ》を解除したのも、この魔法解除《ディスペル》という魔法だったのだろう。

あのときはそれを誤魔化すために、同時に炎魔法を発動させ俺たちの目を欺《あざむ》いたというわけだ。

ということは、ルチマダは同時に二種類の魔法を発動出来るということになる。

やっかいだ。

「人の話の腰を折らないでくれるか？　こそこそと人の心を読むことしか出来ない非力なガキが」

「……っ」

渾身《こんしん》の魔力を込めた魔法を一瞬で打ち消されたチェキは、悔しそうに唇《くちびる》を噛《か》む。

「そもそも貴様がここにいるのはただの手違いにすぎん」

ルチマダは薄ら笑いを浮かべながら、被告席のチェキに向かって一歩踏み出す。

かと思いきや、一瞬にして法廷の端から端へ、まるで瞬間移動のように移動した。

「私が攫ってこいと命令したのはお前だよ。複製能力者《デュプリケイター》グラッサ」

「ヒッ」

突然目の前にルチマダが現れ、グラッサは小さく悲鳴を上げる。

そんな彼女の頬に、奴の手が触れた。

いや、そんなことより――

「あいつ、いったいどこでそれを」

奴は今、はっきりとグラッサを複製能力者《デュプリケイター》と呼んだ。

つまりルチマダは、彼女が複製魔法《デュプリケイト》を使えると知っていたということになる。

「あのエルフもどきとは似ても似つかぬ顔だというのに。あの馬鹿どもはやはり使えんな」

ルチマダの言葉から察するに、本来は三馬鹿に攫ってくるように命じたのは、チェキではなくグラッサだったのだろう。

しかしいったいなぜ、複製魔法《デュプリケイト》のことをルチマダが知っているのか。

王都で俺は、出来る限りグラッサとニッカの力は隠してきた。

正直なところ、ニッカの力はかなりの数の人を回復させるために知られてしまったので、考えたくはないがどこからか漏れていてもおかしくはない。

だがそれと違って、グラッサの力は俺やニッカの前以外では使わせていない。

王都を出てからも、ヴェッツオにしかその能力を教えていない。

「……だとするとそれ以前か？」

グラッサが王都に来るまでのことは俺にはわからない。

その間に彼女がどこかで力を使ったときに見られていて、巡り巡ってルチマダの耳に入ったのだろうか。

だとすると、彼女の力のことは既に多数の人が知ってしまっていることになるが……この旅の途中、彼女が狙われるようなことは一度もなかった。

更に言えば、グラッサの複製魔法《デュプリケイト》を彼女が王都に来るまでに知った者がいたのだとしたら、そもそも王都に無事にたどり着けたはずがないのだ。王都までの道中なら、グラッサを攫う機会なんていくらでもあっただろう。

「つまり彼女が複製魔法《デュプリケイト》のスキルを持つことを知っている数少ない人物の中で、情報を漏らす可能性があるとしたら……」

俺の思考がある人物にたどり着こうとしたそのとき――

「貴様っ！　その手を離せ！」

そんな声を上げながら、ルチマダに向かってヴェッツオが鋭い爪を振り上げて襲いかかった。

必殺の爪は、そのままルチマダの顔を鋭く切り裂いたように見えた。

しかし……

「がはあっ」

次の瞬間、ルチマダがハエでも追い払うかのように軽く払った腕の一撃で、ヴェッツオの強靭な体が法廷の壁に弾き飛ばされる。激しい激突音が法廷に響き渡った。

「ヴェッツオさんっ！」

ニッカが悲痛な声を上げる。

あのヴェッツオがたったの一撃で……しかも全く力を入れたようには見えなかったというのに。

「始祖の一族……か」

思っていた以上の力を見せつけられて、俺は思う。

やはりこの場でルチマダと戦えるのは俺一人だ。

しかしさっきも懸念した通り、この場で戦えば法廷に閉じ込められているドワーフたちだけでなく、ニッカたちも巻き込んでしまうだろう。

……なら、あれをやるしかないが。

「……複製能力者《デュプリケイター》ってなんのこと？　あたし知らないよ」

俺が動きを決めかねている間に、グラッサとルチマダの会話は続いていた。

「複製魔法《デュプリケイト》――」

「!?」

「使えるのだろう?」

その言葉を聞いて、グラッサはルチマダの手を払いのけるとそっぽを向く。

「そんなの、知らない」

「とぼけても無駄だ。お前のスキルのことは商人から聞いている」

「商人って、貴方の腕輪を見つけたって密告した人でしょ?」

「ん? ああ、そういう設定だったな。まったく、あの三人が攫う相手を間違ってこなければこんな茶番をする必要なぞなかったというのに」

ルチマダは僅かに表情を歪め、法廷の隅で震え縮こまっている三人のドワーフを一瞥した。

「お、俺たちに人間族の区別なんて出来るわけないっすよ」

「きちんと貰った似顔絵通り攫った」

「あの商人の絵心がないせいなんだよぉ」

怯えた表情で言い訳を口にする姿は滑稽《こっけい》で、そして無様だ。

「と、とにかく私はただの平凡《へいぼん》な冒険者よ! スキルなんて知らないっ」

「ではあの商人が嘘をついていたか、もしくはお前も奴が言っていた者とは別人だったのか……仕方がない、本人に確認させせよう」

ルチマダはグラッサの稚拙《ちせつ》な嘘などわかっているだろうに、わざと大袈裟《おおげさ》な身振り手振りでそう口にする。

「本人なんてどこにいるのよ？」

「私と共にずっとここにいたさ。異層解除《アナザキャンセレーション》」

力ある言葉がルチマダの口から発せられる。

その魔法は、ギルド本部でエルフの暗殺者テオが使い、その後で俺も発動させた、異層空間を解除するものだ。

そしてルチマダの隣に現れたのは——

「ああ、やっと出られた。ルチマダ様、突然あんなところに閉じ込めるなんて酷いじゃないですか」

「謝る気はないが、お前の安全を確保するためには一番の方法だったとだけ言っておこう。それよりもだ」

俺に対して背を向けているために顔はわからないが、彼が法廷でずっと語られていた、ヴォルガ帝国への亡命を求めている商人に違いない。

しかし俺はその姿にどこか見覚えがあるように感じた。

「この女が、お前の言っていた複製能力者《デュプリケイター》で間違いないか確認してくれ」

ルチマダの言葉を聞いて、商人の男は顔をグラッサの方に向けた。

数秒の沈黙。

その男の顔を見て、驚愕の表情を浮かべたグラッサより先に俺の口が開く。

「ラックラ！　貴様だったのかっ!!」

その男の名はラックラ。

王都で数多くの不幸を生み出し、結果的に彼と手を組んでいた貴族によって消されたと思われた男だ。

「ひぃっ。どうしてお前がこんなところにっ」

「それはこっちの台詞だ！」

ルチマダがなぜ、グラッサの複製魔法《デュプリケイト》について知っていたのか。

俺はもしかすると、ラックラが関わっているのではないかと考えてはいたのだ。もっとも、口封じに殺されているとも思っていたから、確信も持てなかったのだが……やはりこいつだったのか。

「バフェル公爵が動く前に、誰かがお前をあの場所から助け出していたってことか」

となると、俺の魔法で土団子状態になっていたラックラを助けたのはドワーフ——つまりルチマダの手の者だった可能性が高い。

なぜなら並大抵の魔法使いでは、俺の魔法で固められた土団子を破壊することは出来ないからだ。

しかし土魔法に長けたドワーフならそれが可能である。

そして助けられたラックラは自らの逃亡と亡命を助ける代わりに、グラッサの情報を売ることにした。

グラッサの複製魔法《デュプリケイト》は、この世に一つしかないものでも複製出来るチート能力である。

もちろん彼女にも魔力量の限界はあるので、どんなものでも複製出来るわけではないが、それでも使い道は無限にあることには違いない。

それにこいつがここにいるということは、やはり獣人たちの誘拐も、ルチマダとラッックラが犯人なのだろう。

「ル、ルチマダ様っ。あいつです。アイツが例の男ですっ」

ラックラは俺の視線から逃れるようにルチマダの陰に隠れながら、震える手で俺を指す。

友人を裏切り、その娘をも騙して数多くの人々を不幸にしたというのに、その罰から逃げてまたグラッサを売ろうというのか。

そんなどこまでも情けない男を、俺は殺気を込めた目で睨み付ける。

「ひいっ。た、助けてくださいルチマダ様ぁ」

「ラックラ。私の言葉を聞いてなかったのか？」

しかしそんなラックラの懇願に、ルチマダは静かに怒りをはらませた声音で答える。

「お、お言葉ですか？」

「私は、この女がお前の言っていた能力者で間違いないのかと聞いている」

「ひいっ」

ルチマダはラックラの首根っこをひっ掴むと、軽々とその体を持ち上げてグラッサの目の前に突き出した。

「ぐあっ……間違いありません」

「ふむ。ではこの女とお前を残して、あとはこの国ごと滅ぼすとしよう」

「ほ、滅ぼす⁉」

「当たり前だろう。最初から、用が済めば穴モグラどもは全て殺し尽くすつもりだったからな」

ルチマダは顔面蒼白《そうはく》のラックラを見下ろしながら、当たり前のことを聞くなとばかりに軽い調子でこれから行う惨殺行為を告げる。

その言葉を聞いたドワーフたちは、さっき開かなかった出口に殺到していく。

「はぁ、私を倒そうと奮起する者すらいない。つくづく貴様らは、度し難い種族だ」

今、法廷内で動かずにいるのは、気を失っている者を除けば俺たち四人とグレンガ王、ルチマダとラックラ、そしてチェキだけだった。

しかしそこで俺は気が付いた。

チェキは動かないのではない、動けないのだと。

「……」

ルチマダとラックラに気を取られ、今までチェキのその様子に気が付かなかったのは迂闊《うかつ》だった。

奴が何かしら、チェキの動きを封じる魔法を使ったのだろう。まるで見えない何かに拘束されたかのように、彼女は先ほどルチマダに攻撃を仕掛けたときの姿勢のままで固まっていた。

「魔王様への言い訳はどうするかな。ドワーフの懐柔工作を邪魔しようとエルフどもがモグラの横穴を利用して攻め込んできた結果、ドワーフが暴走したとでもしておくか」

ルチマダはそんなことを口にするとチェキへ歩み寄り、その頭を掴んで彼女の目線を無理矢理自分の赤い瞳に向けさせた。

「エルフとドワーフの信頼の結晶か……忌々《いまいま》しいっ」

「っ」

ルチマダは憎々しげに、チェキを突き離す。

その勢いで床に倒れ込んだ彼女を見下ろすルチマダの赤い瞳には、明確な殺意が籠もっていた。

「どうして、ドワーフとエルフをそこまで憎むのさっ」

チェキのその問いかけは、この場にいる誰もが聞きたかったことだろう。

「……」

だがルチマダの口からは何も答えは返ってこなかった。

ただその瞳に、深い失望の色が浮かんだように思えたのは俺の目の錯覚だろうか。

「やはりお前たちは罪を償わねばならん」

ルチマダはそう口にすると、片手を床に倒れたままのチェキに向ける。

急速にルチマダの手のひらに魔力が集まって、炎の塊が出現した。

「まずはお前からだ——死ね」

「いやああっ」

次の瞬間、炎が一際大きく燃え上がる。

「ぎゃああああああっ」

「死にたくないぃぃっ」

「ここから出してぇ」

法廷中に悲鳴と怒号が渦巻いた。

俺は咄嗟に二人の間に体を入れ、ルチマダの腕を蹴り上げた。

「ぐっ」

直後、轟音《ごうおん》と共に、火の粉が法廷中に舞い散る。

「ふぅ。危なかった」

「貴様っ」

ルチマダがこんな早急にチェキを殺そうとするとは思っていなかったせいで、少し出遅れた。

「袖が焦《こ》げたじゃないか」

おかげで一張羅《いっちょうら》を焦がす羽目になってしまったが、なんとか間に合った。

俺は焦げた袖を撫でながら、ルチマダに向かって問いかける。

「お前はどれだけ理不尽なことを言っているのか、わかっているのか？」

「人間族風情が。あの壇上から私たちを見下ろしていて、気でも大きくなったようだな」

ルチマダは蹴り上げられた腕をゆっくりと下げる。

「それならまずはお前から始末してや――」

「ルチマダ！」

ルチマダの返答に俺はわざと言葉を被せた。

予想通り、あからさまに奴の顔には不機嫌な色が浮かぶ。

「これから全員を殺すとか言っていたけど、お前ごときにそんなことは出来やしねぇよ」

「私ごとき……だと？」

「ああ。お前のような三流のヴァンパイアには、誰も殺せないって言っているんだ。もしかして言葉の意味がわからなかったのか？」

俺はチェキの手を引いて立ち上がらせると、挑発するように軽い足取りで前に出る。

「あ、ありがとう」

「礼は後だ。チェキはグラッサたちのところまで下がっててくれ」

俺はチェキにそう告げるとルチマダに向き直り、その赤い瞳を真っ正面から見返す。

そして、戦闘になれば周りの人たちを巻き込むというこの状況を変えるべく、言葉を発した。

「三流でないって言うなら、俺と正々堂々一対一の勝負をして勝ってみろ」

「一対一だと？」

俺の挑発を理解出来なかったのだろうか。ルチマダは間の抜けた声で問い返してくる。

「ああ、そうさ。誰にも邪魔されない場所で一対一で戦おうって言ったんだよ」

俺はルチマダの顔を指さしながら、はっきりと言い切る。

「貴様……気でも触れたのか？」

「気が触れてなんていないさ。だってお前、俺より弱いもん」

信じられない馬鹿を見たと言いたげな表情を浮かべたルチマダの言葉に、俺は即答した。

「……ククッ」

その迷い一つない俺の態度に、突然ルチマダは笑い出した。

心底愚かな者を見たとでも言うように、その笑いは法廷中にしばらく木霊《こだま》する。

「先ほど、貴様の魔法が私に効かなかったことも忘れたようだな」

「……」

「なのに一対一で戦えだと？　気が触れたのでなければ何だというのだ」

あざ笑うような声音で言うルチマダに、俺はまたすぐに言葉を返す。

「あのときの魔法は俺の全力じゃなかったから、お前ごときでも消せた。それだけのことを自慢げに言われてもね」

「なんだと」

ルチマダの片眉がピクリと上がる。

余裕な笑みは浮かべたままだが、明らかに俺の言葉に苛立《いらだ》っているのが伝わってくる。

「戯れ言を。人間種の中ではお前は強かったのかもしれんが、始祖の一族たる私に勝てると本気で思っているのだとしたら――」

「――やっぱり気が触れている……とでも言いたいんだろ？」

俺は小さく肩をすくめると、なるべく小馬鹿にするような表情を意識して挑発を続ける。

「だけど本当なんだ。ただ、今この場所で本気を出したら、無関係な人たちや俺の仲間にも被害が及ぶかもしれない。だからさっきも力を抑えていたんだけどね」

俺はルチマダを指さしていた手のひらを、今度は上に向けるように広げると、その手の中に一つの魔法を半分構築して見せる。

「だから誰にも邪魔されない場所で、今度は本気で殺し合おうじゃないか」

さあどうするとばかりに可視化させたそれを突きつける。

「ほう。人間族ごときがその魔法を使えるとはな。増長して勘違いするのもわかるが……」

ルチマダはそう言いながら、俺と同じように手のひらを上に向ける。

そして小さな声で力ある言葉を発すると、俺と同じように可視化させたその魔法を半分構築して見せた。

「よいだろう。まずは望み通り貴様を最初に殺してやる！」

その声が発せられると共に、俺とルチマダが構築した半分ずつの魔法が引き寄せ合って二人の間で重なると、まばゆい光を放つ。

同時に周りの景色が光と共に揺らぎ――せまっくるしい法廷から、全く別の風景へ切り替わっていった。

そこは酷く歪《いびつ》な場所だった。

どうやら異国の集落のようだが、全ての家が破壊されて見るも無残な姿を晒している。

いくつかの建物は焼かれたらしく、未だに煙をうっすらと立ち上らせている残骸もある。

その破壊された家々から少し視線をずらすと、集落の外に広がるのは緑の草原。

しかし以前、俺がテオたち暗殺者集団を閉じ込めた異層空間の草原とは、様子が違っていた。

本来であれば美しい緑の草原が広がり、遠くには森、そして見上げれば透《す》き通る青空が広がっているはずなのだが……今、その美しい風景は、ところどころ赤茶けた砂地の地面が所々虫食いのように広がっていて、遠くの森も半分ほど枯れているように見える。空を見上げれば、どんよりと薄暗く灰色に近い色で覆われ、それも気分を落ち込ませる。

物珍しげに周囲を見回している俺とは対照的に、ルチマダは周囲を一瞥だけして呟く。

「これが混在空間《ミクシードスペース》か……」

「あんたの異層空間、ちょっと陰鬱《いんうつ》すぎない？」

そう、ここは俺とルチマダ、二人の作り出した異層空間が混在した混在空間《ミクシードスペース》だ。

本来の異層空間は、作り出した術者の意思で自由に出入りすることも、中に他人を閉じ込めることも可能な魔法だ。

もし他人の空間に閉じ込められた場合、外に出るためには術者以上の力で空間を破壊するか、術者が死ぬのを待つしかない。

しかし一人の力だけでなく複数人によって構築された異層空間であれば、話は変わる。

その異層空間を構築した全ての者に、空間への自由な出入り可能な権限が与えられるのだ。

そして空間を作った者全員が解除、もしくは死なない限り空間は維持され続ける。

そうやって作られた異層空間のことを、混在空間《ミクシードスペース》と呼ぶのである。

使い方によっては便利な魔法ではあるのだが、欠点もある。

術者同士、お互いが作り出そうとした景色が混ざり合ってしまうのである。

それが今俺たちの目の前に広がっている歪《いびつ》な光景だ。

「トーアとかいったか？　お前の世界はずいぶんとのんびりとしているな」

「あんたの世界が殺伐《さつばつ》としすぎてるんだよ。どこだよこの村は」

俺はそこら中に死体が転がっていても不思議ではないほど破壊し尽くされた村の景色に目をやりながら尋ねる。

ルチマダは俺の問いにすぐには答えなかった。

その代わり、何かを思い出すかのように建物の残骸の一つをしばらく見つめたあと、今まで聞いたことのないような哀しみの籠もった声で――

「この村は……かつて私が守れなかった村だ」

そう答えた。

「守れなかった？」

ルチマダの瞳に浮かんだ哀しげな色に、俺は思わず問い返していた。

「そうだ。そしてドワーフとエルフに滅ぼされた村でもある」

「……」

俺は言葉を詰まらせる。

「詳しい話を聞きたいか？」

ルチマダは声音に少しだけ誘うようなものを含ませて問う。

「……いや、聞くと手加減してしまうかもしれないし断るよ」

しかし俺はその誘いを断った。

どんな理由があったとしても、こいつのやったことは許せるものではない。

だけど、それでもそこに同情してしまいそうな理由があるとしたら……それを聞いてしまったら、つい手加減してしまうかもしれない。

結果、万が一にでも俺が負けてしまえば、次に命を落とすのはニッカたちだ。

だから俺は聞かない。

聞きたくない。

「――そうか。賢明だな」

僅かにだが残念そうに、ルチマダは首を横に振る。

聞いてほしかったのだろうか。

「話したいのか？」

「いや。私も出来るなら思い出したくないからな。それにあまり時間をかけていると、法廷の外の奴らが飛び込んでくるかもしれないしな」

法廷の外がどうなっているのかはわからない。

しかし国王が同席している法廷の中の様子くらいは、逐次《ちくじ》確認しているだろう。

つまり時間が経てば経つほど、異変に気付かれる可能性が高くなるということだ。おそらくルチマダは自分の手の者を紛れさせているだろうが、誤魔化すにも限界はあるだろう。

……いっそ時間稼ぎのために話を聞いてやっても良かったか？

少しだけそんなことを考えたが、結局俺が目の前のこの男を倒さない限り結果は同じだ。

「なら早速始めようぜ」

「そうだな。お前を殺してこの空間から帰ることにしよう」

ルチマダは余裕の笑みを浮かべながら、魔力を高めていく。

「心配するな。お前の仲間たちも、グラッサとかいう女以外は、すぐに後を追わせてやる」

「そりゃどーも。ご親切に」

「まずは小手調べといこうか——火魔法《ブレシングティンダー》」

火魔法《ブレシングティンダー》とは思えない魔力が込められた大きな火球が向かってくる。

「せっかく先手を打たせてあげたのに、小手調べとか余裕かましてていいのか？　魔法解除《ディスペル》」

しかしそんな魔法が俺に効くはずがない。

「なっ！」

——シュンッ。

左手を軽く振るっただけで、火球は空中で消え去る。

「ディ……魔法解除《ディスペル》だと！　そんな、まさか——」

「——まさか人間族が魔法解除《ディスペル》を使えるなんて、とか言いたいんだろ？」

「……っ」

ルチマダの目に驚愕が浮かぶ。

そして一瞬前の余裕の表情は消え去り、新たな魔法を構築し始めた。

今度は先ほどよりも強く、魔力も数倍は込めた魔法を放つつもりなのが伝わってくる。

もう少し無駄に俺を下に見た行動を取るかと思っていたが、ルチマダは考えていたよりも賢明な男だったようだ。

「そりゃそうだよね。まさか人間族が、始祖の一族たるアンタ以上の魔力を持っているなんて思わないだろうから」

魔法解除《ディスペル》を教えてくれたのは、辺境砦で出会ったディーストンという魔族の女性だ。

彼女は主に自らの魔力量の増やし方と強化方法を鍛えてくれた師匠の一人である。

だが人間族である俺は、ここでもすぐに限界に行き当たってしまった。

転生にあたって特にこれといったチート能力を貰っていないのだから仕方がない。

魔力というのは魔法の基礎《きそ》だ。

同じ魔法でも、込める魔力が多ければ多いほど威力は増す。

誰にでも扱える魔法でも、そこに何十倍もの魔力を込めれば威力はそれに比して上がり、結果敵に、より上級の魔法に打ち勝つことも可能だ。

しかしチートを持たない人間族の体では、どれだけ訓練しても最大魔力量は魔族やエルフたちには敵わない。

そこで俺は考えた。

魔力量を増やす方法は、体を鍛える以外にもあるのではないかと。

そして俺に与えられた唯一の転生者としての力……前世の記憶からアイデアを探した。

残業で疲れ果て、終電もなく入った漫画喫茶《まんがきっさ》で読んだファンタジーの物語。昔、まだ親が生きていた頃に中古で手に入れたゲームの思い出……ヒントはそこにあった。

「あの程度の魔法が私の全力だとでも思ったのか？　うぬぼれるなよ小僧が！」

ルチマダが両の手のひらを俺に向けて告げる。

たしかに奴の手に集まる魔力の量はすさまじい。さすが始祖の一族だ。

「うぬぼれかどうか、試してみればいいよ」

俺はわざと馬鹿にするように答えると、いくつかの身体強化魔法を無詠唱で自らにかける。

そして最後の魔法の準備をしながら、片手をルチマダと同じように相手に向けた。

開いた五本の指。

その一本一本に指輪が嵌まっていることに、アイツは気が付いた様子はない。

部位一カ所に一つしか魔道具が装備出来ないなんて、ゲームなら当たり前だけど……

俺は心の中でそう呟きながら、両手あわせて合計十個の魔力強化の指輪から、自らの体へ魔力を流し込む。

「まぁでも、ニッカとグラッサがいなければこんな馬鹿げたことは出来なかったんだけど」

そう、この十個の指輪が、俺がたどり着いた答えだ。

前世、ゲームをやっていて不思議だったのは、剣や鎧《よろい》と同じように、指輪ですらも一個しか装備出来ないことだった。

そういう仕様なのだから仕方がないとは思うし、大量に指輪を装備しまくれたらゲームバランスが壊れてしまうだろう。

しかしここは現実だ。

だから俺は試してみた。

この世界ではどうなのかを。

結果――複数の指輪を装備することが可能なことを確認した。

そして俺が今嵌めているのは、グラッサの力で増やした魔力強化の指輪である。

これでルチマダを超える魔力を持つことが出来る……そう思っていたのだが――

「アイツ。俺が思ってたより強いんだな」

俺は出来うる限りまで強化した魔力を遙かに超える力を目の前にして、小さくため息をついた。

「やっぱり付け焼き刃の力じゃアイツの魔力は超えられないか」

少し離れた距離なので正確に〝視〟えるわけではないけれど、魔力強化の指輪から魔力を得た俺よりも、ルチマダの魔力量には届かないのがわかる。

つまり――

「アイツの魔力を超えられない以上、力押しで倒すのは無理か」

もっと指輪を作っておけばどうにかなったかもしれないが……グラッサは複製に魔力を使い、その魔力の回復には魔力ポーションが必要だ。しかしポーションの手持ちが限られる以上、この数が限界だったのだ。

「だったら……プランBで行く」

まぁ、仕方ない。もしものために既にいくつかの魔法は発動してある。

俺は両手に嵌めた指輪に意識を集中する。

指輪は魔力強化の限界を迎えたものから、一つ、また一つと砕けていく。

そして最後の指輪が俺に全ての力を与え、役割を終えて砕けたと同時――

「塵《ちり》一つ残さず燃え尽きるがいい！　獄炎魔法《ブレシングヘルフレイム》ッッ!!」

ルチマダが自らの最大級の魔力を込めた最上級の炎魔法を放った。

「なっ⁉」

その魔法に、俺は思わず声を上げた。

四方、俺の逃げ場を防ぐように極炎の壁が噴き上がったのだ。

「逃がす気はないだろうってわかってたけど。やるね」

迫り来る熱波に、俺の顔に汗が浮かぶ。

「それじゃあ、抗ってみせますか」

俺は自分の四方を囲む炎の壁に向けて魔法を放つ。

「氷壁魔法《ブレシングアイスウォール》!!」

迫り来る炎と俺の中間点。

そこに一メートル以上の厚さの氷壁が現れた。

しかし、それほどの厚い氷ですら、炎によって見る間に溶かされ、蒸発していく。

「そんな子供だましで私の炎を止められると思っているのか！」

「思ってなんていないさ。暴風魔法《ブレシングウィンドブラスト》！」

続けて俺が放った風魔法《ブレシングウィンド》が、地面の土を巻き込むように吹き荒れて、蒸気の渦を作り出す。

そこへ氷の壁を溶かしきった炎が巻き込まれていく。

「まさかそれで私の炎を吹き飛ばそうとでも？」

ルチマダの言う通り、猛烈な上昇気流で炎を揺らがせるつもりだったのが、完璧に制御された獄炎魔法《ブレシングヘルフレイム》は、僅かばかり揺らめいただけで変わらず俺に向かってくる。

「ちっ。思ったより弱体化しないっ!!　これじゃあ逃げられ――」

「大きな口を叩いた割にはあっけなかったな、小僧がっ！」

勝利を確信したルチマダの哄笑が響き渡る。

炎の檻《おり》の中、俺はそれに返事をする余裕はなかった。

「さぁ、そのまま燃え尽きて灰になれ!!」

そしてルチマダのそんな言葉と共に……四方から全てを燃え尽くす炎の壁が俺を押し潰す。

しかし――

「ん？」

ルチマダの口から、いぶかしむ声が漏れた。

「なぜ奴が死んだというのに空間が解除されない？　まさか……」

咄嗟に身構えるルチマダだったが――

「油断しすぎだっ！」

「がはっあっ」

振り返ろうとしたルチマダの動きが途中で止まる。

なぜならそのときには既に、俺が放った杭《くい》がルチマダの心臓を狙いを違わず貫いていたからである。

「き、貴様っ……いつの間に」

あの業火の中、俺はどうやってルチマダの背後に回り込んだのか。

それは少し前に遡《さかのぼ》る。


ルチマダが俺の力を過小評価し、完全勝利したと確信して哄笑を上げたときだ。

「もう勝った気でいる、それが命取りだってわからせてやるさ」

俺はそう呟きつつ、魔法を発動させた。

「水魔法《ブレシングウォーター》」

その言葉と共に、水の塊が俺の頭の上に現れる。

当然それは重力に引かれ、そのまま俺の全身に降りかかった。

当然俺はずぶぬれになったが、既に炎が近づき、皮膚《ひふ》を焼いている状況では、心地よさすらある。

その被った水でさえ、すぐに蒸気へ変わりそうではあるが。

「さて、次は……土壁魔法《ブレシングアースウォール》」

水が完全に蒸発しきる前に、続けて俺はもう一つの魔法を背後に向けて放つ。

氷壁魔法《ブレシングアイスウォール》と暴風魔法《ブレシングウィンドブラスト》によって、地面には僅かな隙間が出来ていた。

その隙間を広げるようにして、土のトンネルを作り出したのだ。

そして俺は土壁魔法《ブレシングアースウォール》発動と同時に、あらかじめ自らにかけておいた加速魔法《クイック》の全速力でトンネルの中を滑り抜けた。

「上手くいった」

魔法を消せないと悟った俺がとった作戦。

それはルチマダの魔法の一部に弱い部分を作り出し、そこを抜けてから、油断しているであろう奴の背後に回り込むというものだ。

「――さぁ、そのまま燃え尽きて灰になれ!!」

ルチマダからは炎のせいで死角になっている場所に出た俺は、目の前でさっきまで俺がいた場所が炎の壁に押し潰されるのを見て冷や汗を浮かべる。

「間一髪だったな」

そう呟きながら、俺は暴風魔法《ブレシングウィンドブラスト》で舞い上がった土煙と激しい炎が発する光に紛れるように移動する。

思った通りルチマダは、俺が炎にまかれたと信じているらしく、周囲を全く警戒していない。

それもこれも、始祖の一族という強い力を持つ者の傲慢さ故だろう。

「さて、あとは俺が生きていることを気付かれる前に決めるだけだ」

気付かれないように沈黙魔法《サイレンス》を使い、建物の陰を利用してルチマダの背後に回り込む。

俺が普段造り出す異層空間と違って障害物が多かったので、ありがたく利用させてもらう。

「この村とアイツにどんな関係があるのかは知らないけど、おかげで動きやすくて助かった」

ルチマダの背後に回り込んだ俺は、崩れかけの民家に隠れながら、収納から一本の丸太を取り出す。

「丸太は最強の武器だ！　とか、ネタで一本持っていたけど、まさかこんなことで役に立つとはね」

そう呟きつつ、風刃魔法《ブレシングウィンドカッター》で丸太を杭に加工した。

「杭じゃなくても心臓を突き刺して壊せば良いらしいけど」

どうしても前世のイメージに引きずられ、ヴァンパイアにトドメを刺すにはこれが良いだろうと考えてしまっていた。

まぁ何にせよ、結果が同じであればいいのだから問題はないはずだ。

「まさか……」

俺は建物の陰からゆっくりと出ると、杭を右手に持ち、魔力を込めながら投擲《とうてき》の姿勢を取る。

そしてやっと現状がおかしいことに気が付いたらしいルチマダの背中に向けて、身体強化の全力で杭を投げつけた。

杭は見事に胸を貫き、ルチマダは膝をつく。

そして俺は今、信じられないと言いたげな表情を浮かべるルチマダにゆっくり近づき――

「最後に言い残すことはあるか？」

そう声をかけた。

「最後……だと？」

ゆっくりと崩れ落ちながら、ルチマダが答える。

「自分でもわかってるはずだろ？　もうすぐお前は死ぬ」

「私が……始祖の一族たる私が死ぬ……だと」

驚愕に見開かれた目は、やっとその事実に気が付いたかのように震えた。

「いくら始祖の一族でも、完全に心臓を破壊されたら復活は出来ない。それくらいは知っていたんじゃないのか」

「ああ、そうだな……そうだ」

杭を生やした自らの胸に両手を当てるルチマダを見下ろしながら、俺はとどめの一言を放った。

「心臓は完全に破壊した。あと少しで体中の魔力も失われてお前は死ぬ」

「……」

そして、もう一度。

「だから最後に言いたいことがあれば聞いてやろうと思っただけさ」

最後の言葉を残す慈悲《じひ》を口にした。

地面に流れ落ちる赤い血を見て、俺と同じ色なんだなと思いつつルチマダの言葉を待つ。

「……ドワーフとエルフが長き諍いをやめて友好を結ぼうとしたきっかけ……それを調べるといい」

「きっかけ？」

「そうすればこの村のことも……私がなぜあの自治区を……ドワーフとエルフが手を組むことを恐れ憎んだか、その理由がわかる……はずだ」

ルチマダは憎々しげに吐き捨てるようにそう言うと、口から大量の血を地面に吐き出した。

終わりは近い。

「わかった。俺もこの村のことが気にならなかったと言えば嘘になるからな」

ルチマダの昔話を聞かなかったことを後悔はしていない。

だが、こいつが自分の異層空間としてこの景色を生み出した理由は気になっていた。

しかし、今更その全てを聞き出す時間は残されていない。

俺は揺らぎ出した混在空間《ミクシードスペース》の中、ルチマダの最後の言葉に耳を傾けた。

「覚えておけ……あの自治区は……私の……この村の犠牲の上に作られた幻想だったのだ……だから私は……」

そう呟いてルチマダの首ががくりと落ちる。

「魔王様……全ての魔族が貴方に救われたというのに……復讐の道を選んでしまった私を……どう

か……許し……」

そのままゆっくりと倒れていくルチマダが最後に残した言葉は、魔王への謝罪であった。

「……死んだか」

混在空間《ミクシードスペース》からルチマダの作り上げた村の景色が消滅していく。

それが全て消え去ったと同時に混在空間《ミクシードスペース》は解除され、ルチマダの遺体と共に俺は元の法廷へ戻っていた。

「トーアさん！」

「無事だったか」

「心配したんだからね」

ニッカ、ヴェッツオ、グラッサの声に、俺は軽く手を上げて応える。

瞬間、法廷内は怒号のような歓喜の声に包まれた。

ドワーフたちは口々に、殺される心配がなくなったことを喜び合い、同時にルチマダに対する怨《えん》嗟《さ》の声が彼の死体に向けて放たれる。

俺は一人、ルチマダの死体を見下ろしている少女に声をかけた。

「チェキ」

「殺してやりたかった……私の手で……こいつだけは」

足下に転がる死体を睨み付け、瞳から涙を溢《こぼ》しながら何度も何度も「私が殺さないといけなかったのに」と呟くチェキ。

そんな彼女に、どう答えればいいか言葉に詰まる。

復讐は何も生まないなんていうのは綺麗事だ。

たとえ自らの手を汚したとしても、復讐を成し遂げることで大きく前へ進むことが出来ることもあるだろう。もちろんそれは正当な理由がある復讐であればだが……今回のチェキには、正当にルチマダを裁く権利があったと言えるだろう。

「ごめんな」

だから俺は謝るしかない。

彼女の権利を俺が奪ってしまったのは確かなのだから。

「……わかってるんだ」

チェキは俯くようにルチマダを見下ろし、その上に涙を落としながら言う。

「ボクの力じゃ、この男を殺すどころか返り討ちになるだけだったってことは」

たしかにチェキが全力を出したとしても、ルチマダに傷一つ負わせることは出来なかっただろう。

だからこそ彼女は悔しいのだ。

自分の力で復讐を遂げられなかったことも、人に任せるしかなかったことも。

「だから……ありがとうございます」

チェキは両手で涙を拭くと顔を上げ、俺に振り向き頭を下げた。

その体は震えていて、悔しさを必死に抑え込んでいるのがわかる。

だけど俺は、そんな彼女に返す言葉も思いつかないまま、彼女が顔を上げるまで待つしかなかった。

「そんな……ルチマダ様」

ラックラの絶望に満ちた声に、俺は奴の存在を思い出す。

元はと言えば、俺たちがこんなところにいるのはこの卑劣な男のせいだ。

「おい」

「ひいっ。し、死にたくないっ——ぐへぇっ」

床に這《は》いつくばって逃げ出そうとするラックラの背中を俺は踏み潰す。

「どこに行くつもりだ？」

そして後ろ襟を掴んで無理矢理立たせた。

「お前には色々聞きたいこともあるから、すぐには殺さないから安心しろ。土魔法《ブレシングアース》」

「土団子になるのは嫌だぁ」

泣きわめくラックラを顔だけ残し、雪だるまのように体を土で固める。

「しばらく黙ってろ」

「ふがが っ」

それから近くに落ちていた布のようなものを、五月蠅《うるさ》い口に突っ込んで固定した。

「じゃあ、しばらくそこで転がってろ」

邪魔なオブジェを法廷の隅に向かって蹴り飛ばした俺に、背後から声がかかった。

「あ、あの。トーアさん？」

恐る恐るといった声音に振り返ると、涙を雑に拭ったチェキが立っていた。

その顔がどこかスッキリとして見えるのは、俺の気のせいだろうか。

「トーアでいい。それより、もういいのか？」

「うん。今更父さんや母さんが還ってくるわけじゃないし。ボクの復讐はもう終わったんだ」

そう言い切った彼女を見て、強いと思った。

俺だったらどうするだろうか。

自分たちの住む場所を滅ぼされて、両親までもが殺されたとしたら……その黒幕だけでなく関わった者たち全てを始末するまで止まらないかもしれない。今回で言うなら、魔族全てを敵だと感じるだろう。

だけどそれはまた新たな復讐を生み出すことになる。

つまり永遠に続く復讐の連鎖をチェキは自分で断ち切ると宣言したのに等しい。

「それじゃあ早速で悪いけど、手伝ってくれるか？」

「うん。ルチマダの仲間を見つければいいんでしょ」

「その通り。急かすようだけど、早くしないと逃がしちまうかもしれないしな」

俺はそう言ってから、法廷をぐるりと見渡す。

「まずはこの中にいる奴らを教えてくれ」

「うん。まずあそこの青い帽子の——」

そうして俺たちの『残党狩り』が始まったのだった。


「これであらかた捕まえられたと思うが」

ドワーフ王国中をチェキをかかえて飛び回り、最終的に十人ほどの魔族を捕獲した俺たちは、全員を牢屋に放り込んでから法廷に戻った。

「たぶん。ボクがわかる範囲だとその人で最後だと思う」

もしかするとまだどこかに潜んでいる魔族がいるかもしれない。

だが、魔族がドワーフに化けることが出来るような特殊な魔道具を、それほどの数用意出来るとは思えない。なのでいたとしてもごく僅かだろう。

「これ以上は時間の無駄か。とりあえず奴らの尋問は後にして、だ」

俺はチェキにそう言うと、法廷の隅で用意された椅子に座っているグレンガ王の前に立つ。

「とりあえずグレンガ王よ。貴方から聞かせてもらいたい話がいくつかありますので、部屋を用意してくれませんか?」

先ほどまでと違い、俺は礼節を持って王に会談の場を求める。

いつまでも一国の王相手に無礼な態度を取っていては、無駄な恨みを買いかねないからだ。

「わかった。我からもお前らに話さねばならぬことがあるのでな」

グレンガ王は王としての威厳の籠もった目で俺を見上げると、椅子から立ち上がる。そして法廷の外から王を心配してやってきた側近たちに、会談の準備をするように指示を出した。

「チェキも同席してほしいんだが。いいか？」

「えっ、ボクも？」

「むしろ君が一番の被害者だろ。俺の方がオマケさ」

わざとふざけた口調でそう言ったあと、俺はニッカたちの方へチェキを連れて向かう。

ルチマダの部下を探すためにチェキを連れ回していたせいで、彼女たちはチェキと話すことすらまだ出来ていなかった。

「二人とも、お待たせ！」

「お待たせ！　じゃないよ！」

「そうですよ。いきなりチェキさんを連れて出て行っちゃったから、びっくりしたじゃないですか」

俺は憤《いきどお》る二人の前にチェキを押し出す。

「怒るのは後にして、今は再会を喜ぼうぜ」

俺はそう告げると、そそくさと彼女たちの後ろにいたヴェッツオの元へ移動した。

おそらくニッカが力を使ったのだろう。

ヴェッツオの姿は法廷に連れてこられる前より小綺麗になっている。

「怪我は大丈夫？」

「うむ。少し痛むところもあったが、あの娘が治してくれたからな」

「それは良かった。ところで俺とチェキはこのあとグレンガ王と会談するつもりなんだが、ヴェッツオもどうだ？」

今回の事件では、獣人族とドワーフの間にもいくつか問題があった。

ヴェッツオにとっては大事な妹の誘拐にドワーフが関わっていたかもしれないのだから他人事ではないだろう。

「いや、俺は王と話すような立場にはない。全てお前たちに任せる」

だが意外にも、ヴェッツオは小さく首を横に振ったのだった。

どうやら、獣人は立場を重んじる種族らしく、ヴェッツオが首を縦に振ることはなかった。

仕方ないので俺はヴェッツオから、王に尋ねてほしいことをいくつか聞き出しておく。

それから俺たちは王の指示で来たというドワーフたちによって立派な控え室に移動すると、会談の準備が終わるまでの僅かの間、休憩を取った。

「トーア様。準備が整いましたのでご案内いたします」

扉をノックして入ってきた、ドワーフにしてはきっちりとした身なりの男に少し驚きながら、ニッカたちに「行ってくる」と告げた。

「はい」

「うん。トーアもチェキも気をつけて」

「ああ。何があろうともチェキは俺が守る。約束するよ」

俺はそう答えてから、部屋の奥に佇《たたず》むヴェッツオに目を向けた。

「二人のことは頼んだ」

「わかっている。といっても、今更俺たちを襲ってくる輩もいないだろうがな」

「違いない」

俺はヴェッツオと軽く笑顔を交わしてから、チェキと共に部屋を出た。

案内役のドワーフに連れられて向かった先には、他のどの部屋よりも立派な装飾がなされた扉があった。

その扉を開けると――

「綺麗……」

「こりゃずいぶんと金と手間がかかってるな」

部屋の中には、素人目に見てもわかる素晴らしい装飾がなされた家具が並んでいた。

といっても、宝石や金まみれの下品なものではなく、ドワーフの職人が手間暇かけて作り上げたのがよくわかる、機能美と芸術性に溢れたものばかりだった。

王が座る椅子も煌《きら》びやかではないが風格溢れる質感で、この国の王が座るに相応《ふさわ》しいものであることは間違いない。

ただ部屋の中にはグレンガ王一人で、側近どころか護衛すらいなかったのには驚いた。

「他の者に聞かれるわけにはいかぬ話もあるのでな。人払いをさせてもらった」

俺の反応に気が付いて、グレンガ王がそう言う。護衛すらいないのは、どうやら彼の指示だったようだ。

「まずは此度のこと、誠にすまなかった……そしてこの国を救ってくれたこと感謝する」

そう言ってグレンガ王は椅子から立ち上がると、頭を下げた。

一国の王がFランクの冒険者に頭を下げるなんて、たしかに誰にも見せられないことだろう。

だが、そのために人払いをしたわけではないことくらい、俺にもわかる。

「そしてラチェッキよ。お前の力がなければルチマダの正体を見抜くことは出来なかった。その力のことを悪《あ》しく言ったことを謝罪する」

続けてチェキに対して頭を下げるグレンガ王に、彼女は慌てて「頭を上げてください陛下」と口にする。

「それでは会談を始めましょう」

そんな二人の会話が一段落するのを待って、俺は本題を切り出す。

「まずは人払いをしてまで俺たちに聞かせたかったことを教えてもらえますか？」

「気付いておったのか」

グレンガ王はそう言うと、そのまま部屋の一角に向かって歩いていく。

そこには大きな鏡が設置されていて、その鏡に向かって彼は何やら小声で呪文のようなものを唱えた。

すると、今まで鏡面だった部分が一瞬で消え去り、そこにぽっかりと人が通れるほどの横穴が出現したのである。

「隠し通路か」

「そうだ。現王にしか使えない隠し通路が、この国にはいくつかあるのだよ。付いてきてくれ」

そう言って穴の中に入っていく彼の背を、俺たちは追う。

『現王しか使えない』ということは、王が替わる度に、先ほどの呪文が変更されるということか。

管理者が代わる度に変更されるログインパスワードみたいで面白いなと思いつつ、鏡の穴に一歩足を踏み入れた。

「別空間になってるのか」

「中は真っ暗だと思ったら、結構明るいんだね」

鏡の中と言っていいのだろうか。

そこは薄暗いながらも、いくつかの魔道具で照らされた図書館のような場所だった。

学校の教室二つ分ほどのその部屋は石造りで、天井までは大体三メートルほど。

その高さまで届く本棚がずらっと並んでいる光景は圧巻である。

「こんなに沢山の本。ボク見たことない」

「俺もだ」

「早くこっちに来てくれないか」

圧倒されていると、先に奥へ進んでいたグレンガ王が俺たちを急かす。

「行こう。トーア」

グレンガ王の声が聞こえた方へ、本棚の間を進んでいく。

「そこに座ってくれたまえ」

その先にあったのは、大きめの机と数脚の椅子。

どうやらこの図書館の本は、ここで読むように作られているらしい。

先に座って俺たちを待っていたグレンガ王の前には、二冊の本が既に置かれていて、彼がここに俺たちを呼んだ理由がそれなのだとわかった。

「ここはいったい何なのですか？」

「ドワーフの記憶庫と呼ばれる場所だ」

「記憶庫……記録庫じゃなく？」

「同じようなものだが、我らは記憶庫と呼んでいる。ドワーフがこの地にやってきてから今日《こんにち》までの、表の歴史と裏の歴史、その全てが収められた場所だ」

俺たちは改めて、周りを取り囲む膨大《ぼうだい》な量の本に目を向ける。

その一つ一つにドワーフたちの記録――記憶が記されているのだろう。

「王国にも似たような場所はあったけど、ここは桁違いだな」

転生して自由に動けるようになった頃だったか。

この世界のことを知るために王城近くにあった図書館に通い詰めたことがあった。

その図書館の一角、王国の歴史や他国を含めた世界の歴史に関する本が多数収められたコーナーで、俺はこの世界の一部を知ることが出来た。

しかしこのドワーフの記憶庫に納められている本の数からすれば、比べものにならないほどの少量だったな。

「それで王よ。この二冊の記憶には何が書かれているんですか？」

「――エルドワ自治区がなぜ生まれることになったのか。そのきっかけになった戦いについて書かれている」

グレンガ王は眉間に皺を寄せながらそう答えると、厚さ十センチ近くある本を開き語り出したのだった。

かつてドワーフ領とエルフ領、そして魔族が住む魔族領の曖昧《あいまい》な境界で、とある問題が発生した。

記録によればその問題が起こる数年ほど前から、魔族領内で急激な環境変化が起き、魔族たちの間に飢饉《ききん》が起こっていた。

そしてその余波を受け、境界でも食料を巡る諍いが起こるようになっていたのである。

最初は境界に住むドワーフやエルフの元へ食料を恵んでほしいという魔族が訪れるだけであったが、排他的で知られる両種族がそれを拒否したことから、魔族が実力行使に出たのだという。

夜の闇に紛れて畑の作物や家畜を盗む魔族に辟易《へきえき》したドワーフとエルフは、それぞれが自衛をし始めた。

しかし村の自警団程度では、強力な魔法を操り、強靭な肉体を持つ魔族を追い払うことは難しく、死者は出なかったものの怪我人が多数出始めた時点で、それぞれの集落は本国へ救援を求めた。

境界の地で起こっている事態は小競り合いのようなものではあったが、両種族は日ごろから、魔族という強敵が南下し、自らの領土を脅《おびや》かす日が来るのではないかと怯えていた。

――その怯えが結果的に、両陣営を極端な行動に走らせることになる。

「最初はどちらが動いたのか、正確なことはこの記憶でも不明だと書かれている。だが結果的に、ドワーフ軍とエルフ軍は境界に存在した魔族の集落の全てを、圧倒的な兵数をもって殲滅していった」

「殲滅……ですか」

「当時の我々は、魔族というものをよく知らなかったのだ。我々もエルフも他種族と関わりを極端に避けていた上に、魔族側も積極的に他者に関わろうとしてこなかったからな」

実態を知らない故に、魔族という存在は両種族にとって、途轍《とてつ》もなく凶悪で強大なものになっていた。

その恐怖が行き着いた先が、非戦闘員も含め、何もかもを殲滅するという行為だったのだろう。

「今となればわかるが、境界に住まざるを得なかった魔族というのは、強い魔族に追いやられてきたような者たち……つまり我々が連戦連勝出来ていたのは当然だったのだ」

しかし勝利に酔いしれていた彼らは知らなかった。

ドワーフとエルフ、それぞれの軍が最後に蹂躙《じゅうりん》しようとしたその村に、恐ろしい男が待ち受けていたことに。

「記憶には巨躯のヴァンパイアであったとしか書かれておらぬ。だが、こやつこそ間違いなく――」

「ルチマダだな」

「うむ。そしてエルフよりも先にその村を攻め滅ぼそうとした我が軍は、一日も持たず敗北したらしい」

いくらドワーフ族といえど、始祖の力を持つヴァンパイア相手では数を揃えたとしても分が悪い。

しかもそれまで連戦連勝で、魔族というものを侮るようになっていたとすれば尚更だ。

「それに続いてエルフどもも敗れ、我々は改めて魔族の力を思い知らされることになった」

両種族の住む地の近くに、ドワーフもエルフも勝てない途轍もなく凶悪な魔族がいる。

しかもそれまで彼らは数多くの村を襲い、全ての魔族を惨殺してきたのだ。

そんな彼らを魔族が許すわけがない。

途轍もない恐怖が両種族の間に広がるのに、時間はかからなかった。

その報告が両国に届き、お互いのトップが協議し下した判断は――ドワーフとエルフの共闘であった。

「いくらルチマダが強いといっても彼は一人。知恵と力と数を手に入れた連合軍相手に村の全てを何日も守り続けることは不可能なのはわかるだろう」

「俺でも無理ですね」

せめて仲間がもう一人いれば、そいつに村の守りを任せて俺が連合軍の陣に奇襲をかけて潰せるだろうけど。

ルチマダは恐ろしい力を持った魔族ではあるが、不眠不休でいつまでも戦えるわけではない。

結局、連合軍の波状攻撃の前にルチマダは倒れることになる。

「最後は村人を庇って致命傷を受けたと書かれているが――」

「それでも奴は生きていた……」

魔族のことを何も知らない連合軍は、ルチマダの核を見逃したのだろう。

そして復活した彼が見たのが、あの異層空間の風景というわけか。

「たった一人の魔族でもそれほどの力を持っている。そのことを知った我々は、魔族からの復讐を恐れた。もし本格的な戦争になったなら、我々に勝ち目はない」

実際、ルチマダ以上の魔族は魔族領の奥地には何人もいると聞いている。

それぞれが個人主義のために、その当時であれば手を組んで攻めてくるということはなかっただろうが、そんなことはドワーフたちにはわからない。

「たとえ数日でも時間が稼げれば、本国の者たちは逃げることが出来る。そのためには我々の国と魔族領の間に、何かしら防壁となるようなものが必要だと結論づけた」

「それがエルドワ自治区ってこと？　ボクたちは貴方たちの防壁だったたっていうの！」

グレンガ王の言葉に、チェキが思わず立ち上がって叫んだ。

つまりあのエルドワ自治区は、エルフとドワーフが友好を結ぶために作られたものではなく、魔族の侵攻があったときの時間稼ぎとして作られたということになる。

両種族の友好。

その象徴であった彼女にとって、それは自分の存在意義を揺るがせるには十分な事実だった。

「最初はそうだった……だが実際にエルドワ自治区が誕生し、お互いの交流が進むにつれ我々の中であの自治区への考え方は変わっていったのだ」

「変わった……？」

「ああ。我々ドワーフとエルフは、長年お互いを忌避し合っていたために知らないことが多かった。お互いが力を合わせることで、生み出されるものの素晴らしさを」

当時エルドワ自治区では、お互いの長所を生かした多数の魔道具や武具、芸術品が生まれていったのだという。

それは、それまで自治区を一部の物好きが集まる場所だと馬鹿にしていた者たちの考えを変えてしまうほどだったそうだ。

「自治区の存在は既に大きくなっていたのだ。その証拠に、当時の王の側近、その中でももっとも王に信頼され様々な政務をこなしていた父が出向していたのだからな」

グレンガ王の父がエルドワ自治区にいたことはあの法廷で聞いたが……まさかそれほどの重鎮《じゅうちん》だったとは。

「あの頃たしかに、ドワーフとエルフは新しい時代を夢見たのだ。そしてラチェッキ……お前が生まれたことで、それは現実になろうとしていた」

グレンガ王はチェキの目を真っ正面から見つめながら語る。

「だがあの日……いや、本当の崩壊はそれ以前から始まっていたらしいのだ」

王の言う『あの日』というのは、チェキがルチマダの正体を見抜いて両親が殺された日のことだろうか。

「両種族の認識が変わっていく中で、変われない者たちもいた。お前はおかしいと思わなかったか？」

「何をです？」

「ラチェッキが不穏分子を暴き続けて、その中に魔族が含まれていたことも判明していたというのに、ルチマダが凶行に及ぶまで大きな問題にならなかったことをだ」

たしかにそうだ。

まだ幼いチェキに正体を暴かれるということは、いわゆる王宮のような、国の中枢に近い場所でチェキに姿を見られたからということだろう。

そんなところに魔族が侵入していたとなれば、大騒ぎになってもおかしくはない。特にエルドワ自治区は魔族の侵攻に怯えた結果生まれた場所だから、尚更魔族には敏感なはず。

俺たちが難しい顔をしていると、グレンガ王はあっさりと答えを言う。

「簡単な話だ。その全てが揉《も》み消されたのだからな」

「揉み消された……誰に？」

「ドワーフとエルフが同等の存在だと認めることも出来ず、周囲の流れに取り残された哀れな亡霊《ぼうれい》たちにだよ」

実は元々、自治区を提案したのは彼らだった。

当時、魔族の実態を知らなかった彼らは、近いうちに魔族が軍を挙げて襲いかかってくると考えていた。

そこで、自治区に厄介者……エルフとドワーフの融和をはかる者たちを押し込んで、魔族の襲来を利用して彼らを始末しようと目論《もくろ》んだ。

「しかしいつまで経っても魔族は攻めてこなかった。それどころか自治区によって様々な成果が上がり始め、更に両種族の間に子供まで生まれてしまった」

二つの種族は手を取り合える。もっと交流を深めるべきだ。

両国内で、そう考える者たちが加速度的に増えていった。

「このままではいけない。そう思っても彼らにはその流れを止める術はない……そんなときに、魔族が自治区で暗躍していることを知ったのだ」

彼らはチェキにより正体を暴かれた魔族を密かに保護し、あらゆる手段を使い事件を揉み消した。

元々主流派であった彼らには、その段階に至ってもなお、それだけの政治的な力が残っていたのだ。

やがて保護した魔族を通じてルチマダと知り合った彼らは、魔族を利用して自治区を潰そうと本格的に動き出す。

国王夫妻の殺害は予定外のことだったかもしれないが、彼らはそれを利用して、結果的に自治区を滅ぼし、両種族間に今まで以上の溝を作り出すことに成功した。

「彼らはルチマダを利用していたつもりだったのだろうが、結局は利用されただけだったのだよ」

ルチマダの最終目的は、ドワーフ族とエルフ族、両種族の殲滅だ。

自治区を滅ぼした奴は、次の目標をドワーフ王国に定めたのだろう。

「戦後、ルチマダは彼らとの繋がりを利用してこの国に潜入した。そして彼らを操り、次期国王候補まで成り上がったというわけだ」

そこまで話すと、グレンガ王は机の上の本を閉じた。

ドワーフとエルフ、そして自治区の裏の歴史。

異世界であろうと異種族であろうと、前世の世界と何ら変わりがないその内容に俺は大きく息を吐く。

いっそエルフもドワーフも、ルチマダに滅ぼされた方が良かったのかもしれないとすら思ってしまった。

そんなことを考えていた俺の耳に、チェキの小さな声が届く。

「でも……ドワーフとエルフが手を取り合って幸せに暮らす未来を夢見た人たちがいたことは、間違いないんだよね」

その声音に宿っていたのは、失望ではなかった。

「うむ。自治区でその夢を見た生き残りたちは、今でもその夢を願っている……我の父のようにな。だが――」

「だったらボクがその夢を実現させてみせるよ」

強い、とても強い言葉だった。

決して大きな声ではなかったけれど、その言葉にはたしかに力が籠もっていた。

「どれだけ時間がかかるかわからないし、今のボクに出来ることなんて、たかが知れてるかもしれないけど」

「チェキ……」

「だけどボクには、その未来がそう遠くないように思えるんだ。だって、沢山の種族が共に暮らしている国をボクはもう知っているんだから」

ぐっと拳を握りしめるチェキを、グレンガ王は眩《まぶ》しいものを見るように目を細め見つめていた。

「お前の言う国とは、ヴォルガ帝国のことだな」

ヴォルガ帝国は、それまでバラバラだった魔族を魔王が統一して作り上げた国である。

「はい。ボクは目覚めてから冒険者になって独り立ちするまで、ずっと帝国の孤児院で暮らしていたんです」

「目覚めてから？　そういえばチェキは今何歳なんだ？」

エルドワ自治区が滅んでから今までかなりの年月が経っているはずだ。

だというのに、彼女の姿は十代の少女にしか見えない。

今まではエルフの血のせいで若いままなのかと思っていたが、発言も行動もとても長い年月を生きてきたようには思えない。

「えっと……よくわからないんだ。だってボクはあの事件の後ずっと眠ってたから」

眠っていた？

「父さんと母さんが作った魔道具の中で、ずっと眠っていたんだ」

母親によって逃がされた後、彼女は小さい頃からいざというときはその中に入るようにと言いつけられていた箱型の魔道具の中に入った。

中で恐怖に震えながら泣いていた彼女は、そのまま気が付けば眠ってしまい、目覚めたときは何十年もの月日が経っていたという。

幸い、秘密の通路の出口は瓦礫《がれき》に埋もれていなかったため外に出られたが、そんな彼女を待っていたのは、荒れ果てた自治区の姿だった。

「まさか……コールドスリープ装置が作られていたなんて」

エルドワ自治区では様々な技術が生み出されていたということは先ほど聞いていたが、まさかそんなものまで発明されていたとは驚きだ。

「まだ幼かったボクを助けてくれたのは、偶然近くの街道を通っていたヴォルガ帝国の商人さんだったんだ」

商人はそのまま近くの街へチェキを連れていき、そこの役所に彼女を預けた。

しかし既に滅んでしまった自治区の記録はそこにはなく、彼女の言葉は親に捨てられたことで彼女自身が生み出した妄想だと結論づけられ、孤児院に送られることになる。

「あの国は魔族が作った国だから、一番多いのは魔族だったんだ。だからボクを育ててくれた人たちもほとんどが魔族だった」

最初こそ魔族に対して壁を作っていた彼女だったが、自らの能力で魔族たちが心底から自分のことを案じてくれるとわかり、徐々にその壁を解いていった。

「だからボクはルチマダは憎めても、魔族は憎めないんだ……だってあの人たちは、魔族でもないボクにも魔族の子と同じように優しくしてくれたから」

今のヴォルガ帝国は、魔王の統治によって豊かな国となっている。

それだけではなく、この大陸で唯一、他種族への差別がない国として有名であった。

たぶんそれは、魔族が他者に侵される心配のない強者だからという理由もあるかもしれないが、一番の理由は魔族という種族自身の多様性にあると言われている。

他の種族と違い、魔素濃度の濃い土地で独自進化を遂げた彼らは同じ魔族というくくりであってもその姿形は千差万別。

そんな中に他種族が混ざろうとも、いちいち気にすることはないのだろう。

「ボク以外にも、人間の子やドワーフの子もエルフの子もいたしね。だからボクはエルフとドワーフの仲がこんなに悪いなんて思いもしなかったんだ」

そして十五歳になり孤児院から自立した彼女は、冒険者として世界を巡ることを選んだ。

「世界を見て回りたかったんだ。幸いボクには両親から受け継いだ魔法の力もあったから」

そうしていくつかの経験を積んだ彼女は、ヴォルガ帝国を旅立って、まず母親の故郷であるドワーフ王国を目指した。

だが閉鎖的なドワーフ王国の門を潜ることは出来ず、しかたなく人間領のある大陸南部へ足を踏み入れた。

「人間族ばかりの国っていうのも一度見ておきたかったんだ。でもその途中で……」

ロッホの街で油断していたところを三馬鹿に誘拐されてしまった。

「ここに連れてこられて、とんでもない悪意をぶつけられて髪も切られて、あのルチマダを目の前にしても何も出来なくて全部もういいやって」

「チェキ……」

「でも君たちが全てを変えてくれた。何もかも諦めていたボクを救ってくれた」

僅かに俯きかけていたチェキは、晴れやかな笑顔を俺に向けてそう言う。

「だから今度はボクが、ドワーフとエルフが諦めた夢を叶えたいって思ったんだ」

俺はそんな彼女の決意に満ちた笑顔に、かつての自分を重ねてしまった。

カシート家から放逐され、全てを諦めかけた俺を救ってくれた辺境砦の皆の顔が思い浮かぶ。

「ラチェッキよ。私の頼みを聞いてもらえないだろうか」

そのとき、黙ってチェキの話を聞いていたグレンガ王が口を開き深く頭を下げながら――

「ラチェッキ・エルドワ。此度の件、ヴォルガ帝国の見解を確認するため、全権大使として君に出向いてもらいたい」

そう告げたのだった。

◆終章◆

「つまり、ルチマダがこの国を支配してまで作ろうとしていたものはこれか」

俺はドワーフたちが魔族の尋問の末に見つけ出した魔道具を手に取り眺める。

一メートルほどの棒状のそれは、中央部分に魔石が嵌め込まれている以外は、至ってシンプルな作りのものだ。

「はい。既にそれと同じようなものが、未完成品ながら七本ほど作られていたようで、これがそのうちの一本です」

「こっちは魔石がまだ組み込まれてないのか」

姿形は全く同じだが、未完成品に嵌め込まれている魔石には、魔導回路が刻まれていない。

「ルチマダ邸の隠し部屋には、大量の魔石が失敗作として放置されておりました」

「それほどまでに作るのが難しいってことか」

俺は未完成品をドワーフに返すと、完成品の魔石に刻まれた魔導回路に目をこらす。

「これはまたとんでもなく複雑な魔導回路だな」

「はい。その魔導回路は今まで見たこともない仕組みのもので、解析するためにはかなりの時間を

要するとのことでした」

「幻惑潰し《イリュージョンキャンセラー》……だったか。たしかに聞いた通りの性能なら、それだけ複雑でもおかしくないな」

幻惑潰し《イリュージョンキャンセラー》。それがこの魔道具の正式名称であるらしい。

「これ十本で、エルフの森の幻惑を消すことが出来るってのが本当なら、とんでもない代物だよ」

ルチマダの最終目的は、ドワーフ族とエルフ族全てを滅ぼすことであった。

だがドワーフの国と違い、エルフの国の中枢は幻惑で守られた森の中にある。

たとえルチマダであっても、その森を突破することは出来なかったのだろう。

そこで彼は、その幻惑を打ち破る魔道具を作ろうと考えた。

だが強力な幻惑を打ち破れるほどの魔道具は、魔族の力だけでは作り出せない。

そこで、魔導回路に関しては魔族以上の技術と知識を持つドワーフの力を利用することを思いついたようだ。

用心深いエルフと違い、ドワーフ王国に彼が入り込むのは、エルドワ自治区崩壊の折に作り上げた人脈を使えば簡単だっただろう。

そして新たな魔道具を作ることが出来る立場に成り上がった彼は、ドワーフ族の職人たちの中でも、先の戦争でエルフに恨みを持つ者たちを集め研究を始めた。

「――それで完成したのがこれか。でも、いくら作るのが難しいって言っても一本だけしか作れないなんて、何か他に理由でもあるんじゃないのか？」

「はい。実はその唯一完成した幻惑潰し《イリュージョンキャンセラー》のコアを作り上げた者なのですが……完成直後にルチマダを裏切り、魔導回路の資料全てを焼き払ってしまったと」

「どうしてそんなことを？」

「彼は先のエルフとの戦争で息子を亡くした上に自分も大怪我を負いまして。そのせいでエルフ族を恨んでいたのです。ですが――」

完成の翌日、完成を聞きつけてやってきた支援者とルチマダの会話を聞いてしまった。

量産化のために必要な素材の調達を願い出ようと、ルチマダの元を訪れた彼だったが、来客中と知って執務室の中に入るのを迷っていたときだった。

部屋の中からルチマダと支援者の会話が聞こえてきたのである。

「それが、戦争の引き金となったエルドワ自治区での煽動《せんどう》工作の話だったってわけか」

いつもであれば用心深く防音結界を張っていたはずのルチマダであったが、その日は幻惑潰し《イリュージョンキャンセラー》の完成に浮かれて、そんな初歩的な用心を怠っていたのである。

真実を知った彼は気付かれないようにその場を去ると、研究室に戻って幻惑潰し《イリュージョンキャンセラー》に関する資料の全てを焼き払い、自らも命を絶ち、その情報全てを消し去った。

幸い……と言って良いのかはわからないが、唯一完成していた幻惑潰し《イリュージョンキャンセラー》はルチマダの手にあり、未完成品も別の部屋に保管されていたため、破壊を免れたわけだが。

しかし資料は全て失われ、彼が組み上げた魔導回路の一番肝心な部分は、残された完成品を出来る限り模倣《もほう》しても作動しなかった。

たぶんルチマダは、その魔導回路を組み込んだ完成品の魔石をグラッサの複製魔法《デュプリケイト》ならば複製出来ると考えたのだろう。

「それでルチマダは彼女の……」

思わずグラッサの複製魔法《デュプリケイト》のことを口にしかけて、慌てて俺はその続きを呑《の》み込む。

法廷での騒動の最中、奴から出た言葉を聞くことが出来た者はいないだろうし、ラックラについては俺が個人的に尋問させてもらったので奴から漏れることもない。

それにドワーフたちに尋問を任せる前に調べた限り、ルチマダはグラッサの能力に関して部下にも伝えていなかったこともわかっている。

「ところで、例の件も聞き出せたんだろ？」

「はい。あの誓約の腕輪が市場に流れた理由ですが……不用品の処分に紛れていたようです」

ヴェッツオたち獣人族が犯人でない以上、あの腕輪が市場に流れた経緯がわからなかったため、一応確認してもらったのだ。

ルチマダ本人から聞いたわけではないので何を思って捨てたのかはわからないが、とにかくそれが巡り巡って、チェキの手元に来たのだろう。もしかすると、チェキの体に流れるドワーフの血が引き寄せたのかもしれない。

その後、三馬鹿からチェキが腕輪を持っていることを聞いたルチマダは、騒動の原因として利用したというわけだ。

「それと、あの三人が獣人族を攫っていたことも証言しました。彼ら自身は攫って指定された場所に監禁するようにと指示されただけのようですが、実は……」

ドワーフはそこで表情を険しくさせる。

「どうやら獣人族とドワーフ族を争わせようと、ルチマダが画策していたようなのです」

ドワーフ族と獣人族は、唯一ドワーフ族が国内に入ることを許すほどの仲である。

しかし人攫いがあったとなれば、二種族間で戦争になってもおかしくない。

いずれドワーフ族を滅ぼしたいルチマダとしては、その二種族の仲を引き裂いておきたかったのだろう。

「気になってたことがわかってスッキリした。ありがとう」

聞きたいことを聞き終えた俺は、ドワーフを下がらせ、部屋の隅にある時計に目を向ける。

「そろそろ出なきゃ遅刻だな」

俺はそう独り言を口にしながら、ドワーフが出て行った扉とは別の扉から部屋を出た。

今日はこれから、ルチマダに協力していたドワーフたちやチェキを尋問して断髪までした尋問官の処罰が行われることになっている。

罪は重い者から極刑、次に国外追放、そして断髪が命じられていた。

だが断髪以外は、ヴォルガ帝国側の出方を見てから執行されることになっている。

なので今日は、断髭式だけ行われることになっていた。

「チェキにしたことを償わせた確認だけは、きちんとしておかないとな」

断髭式の刑場に着いた俺は、用意してくれていた席に着く。

刑場は小さなコロッセウムのような形で、一番底に刑人が座る台らしきものが置かれている。

近くには屈強なドワーフが立っており、その側にはハサミが数種類載ったカートがあった。

「思ったより少ないな」

刑場にいるのは、俺を除けば五人ほどのドワーフしかいない。

二人の裁判官とそれを守る二人の護衛。

そして刑の執行官だけである。

ちなみにニッカとグラッサは、それぞれヴォルガ帝国へ向かう準備を、チェキはヴェッツオを護衛に、グレンガ王たちと最後の打ち合わせをしている頃だ。

ゴーン、ゴーン、ゴーン。

刑場に重苦しい鐘の音が響くと同時に、俺から見て真正面の扉が開き、刑人のドワーフ――例の主任が引き立てられてきた。

こいつの罪はただ一つ。

無抵抗なチェキの髪を切り落とすように命じた、言葉にするとそれだけである。

既に彼女の髪はニッカのおかげで元通りになっているが、それでも俺はそれを「ただそれだけ」

などという軽い言葉で終わらせるつもりはなかった。

なぜならドワーフ族にとって、髭を切り落とされるということは最大の侮辱だと聞いているからである。部下にそれを命じたこの男の罪は許されるべきじゃない。

俺は泣きわめきながら髭を切り落とされていく男から、最後まで目を離さず、奴が刑場から引きずられるように外へ連れていかれる姿を見送ってから席を立つ。

奴はこれから髭が伸びるまでの間、独房で暮らすことになるらしいが……同情はしない。

断髭式を見終えた俺は、そのままニッカとグラッサが待つ部屋に向かう。

「ただいま」

「おかえりなさい」

「どうだった？　髭は反省してた？」

「してたしてた。そんで髭をバッサリ切られて泣いてたよ」

俺はわざと軽く、断髭式の様子を二人に話して聞かせた。

そして断髭式の前に報告を受けた幻惑潰し《イリュージョンキャンセラー》のことを話し終えたところで、俺はふと気になることが頭に浮かんだ。

「ところでグラッサ。魔導回路って、それだけを魔石の中に複製魔法《デュプリケイト》を使って複製出来るのか？」

「うーん。やったことないからわかんないけど、魔石があるなら試してみてもいいよ」

そう言って片手を差し出すグラッサの横でニッカが心配そうな声を出す。

「危なくないですか？」

「大丈夫だよ。別に魔導回路を動かすわけじゃないんだからさ」

だが当のグラッサはそんなことなどお構いなしだ。

「魔石の一つや二つ持ってるんでしょ？　あたしも興味あるし、早く出しなよ」

それどころか、まるでカツアゲ犯のように魔石を出せと迫ってくる始末。

「魔石はいいけど、どの魔導回路を複製するつもりなんだ？」

「これでいいんじゃない？」

グラッサがそう答えながら襟元を開けて取り出したのはペンダントだった。

「服の中が見えるぞ」

「この程度で見えるわけないじゃん。それよりも、これなら簡単そうだしいいよね？」

グラッサの指先で揺れるペンダントは、あの日彼女たちを窮地に陥らせる原因となった呪具のペンダントである。

しかしその面影は、中央にあつらえられた魔石しか既に残っていない。

なぜなら旅の途中、俺が馬車の中でそのペンダントを魔道具として加工し直したからである。

効果としては、魔力を込めることで一度だけ、俺にＳＯＳを伝えることが出来るというものだ。

元々質の悪い魔石だったためにそれほど凝ったものは作れなかったが、彼女たちはそれを喜んで受け取って、今も肌身離さず持ってくれている。

「これでいいか？」

俺はペンダントに嵌め込まれているものと同じくらいの魔石を、収納から取り出してグラッサの手のひらに置く。

「うん。それじゃあやってみるから見てて」

グラッサは俺たちから数歩離れると、右手にペンダント、左手に魔石を持って目を閉じた。

俺は彼女の魔力の流れを〝視〟るために意識を集中する。

もし異常が感じられれば、即刻中止させなければならない。

「んんっ」

グラッサの複製魔法《デュプリケイト》が発動したと同時に、彼女の体からまず右の手に向かって魔力が流れていくのがわかった。

そしてその魔力が彼女の持つペンダントを包み込むと、徐々にその中に刻まれた魔導回路へ集中していく。

普通、魔導回路に魔力が流れ込めば回路が作動し、何かしら効果は発動するはずである。

だというのに、彼女の手の中でペンダントの回路が動き出す気配は一切ない。

「不思議な光景だ」

「私には魔力の流れが見えないのでわかりませんけど、大丈夫なんですよね？」

「ああ、大丈夫。ニッカの再生魔法《リザレクション》のときと同じで、普通の魔力の流れとは明らかに違うけど不思議と不安は感じないんだ」

「私のと……同じですか。それなら大丈夫ですね」

ニッカが安堵したような声で呟く。

「始まるぞ」

俺の視線の先で右手に集まっていた魔力が今度は一気に左へ向かって流れ、そのまま左手の魔石の中に吸い込まれていった。

「あっ、今度は私にもわかります」

「マジかよ」

それまで傷一つなく透き通っていた魔石に、魔力の流れと共に複雑な模様が刻み込まれていく。

誰も手を触れていないのに、魔力の流れだけで生み出されるその光景に、俺たちは言葉もなく見とれてしまう。

「ふぅ……上手く出来たかな?」

そんな沈黙を破ったのは、グラッサの一仕事終えたという満足感が詰まった言葉だった。

「ちゃんと出来てる！　やったね！」

「ちょ、ちょっとそれ見せてくれ」

俺は慌てて彼女の両手からペンダントと魔石を奪い取るように受け取ると、それぞれの魔石に刻み込まれた魔導回路を見比べる。

そしてその両方に寸分の違いもないことを確認すると、一つ大きく息を吐いてからペンダントだけをグラッサに返した。

「どう？」

「俺が見る限りは、全く同じ回路だな」

「つまり成功したってことだよね？」

喜ぶグラッサに、俺はなるべく平静を装って答える。

「まだ実際に動くかどうか確かめてみないことには断言出来ないが……とにかく試しに魔力を流してみるからちょっと離れていてくれ」

「魔力を流しちゃったら、それ使えなくなるんじゃないの？」

「そうですよ。一回だけしか動かないって言ってたじゃないですか」

たしかにあのペンダントの回路は、一度使えば壊れてしまう。

だが魔導回路がきちんと動くかどうかを調べるには、実際に魔力を流してみるしか方法はない。

「俺を誰だと思ってるんだ？　魔道具を発動させなくてもきちんと動くかどうか確認出来るギリギリのところまで魔力を流すだけだ」

言うは易《やす》し、行うは難し。俺がその技術を習得するまでには、半年くらいの訓練が必要だった。

手にした魔石の中に刻まれた魔導回路に、俺は慎重に魔力を流していく。

俺が〝視〟える範囲では、その魔力の流れは先ほどのグラッサのものとなんら変わりがない。

彼女の場合は回路が起動する様子は一切なかったというのに、今、俺の魔力が流し込まれた魔導回路は明らかに発動の準備を始めている。

「っと、危ない危ない」

余計なことを考えていたせいで、危うく魔導回路を発動させてしまうところだった。

俺は慌てて魔力を流し込むことをやめる。

「どうでした？」

「成功……してたよね？」

不安そうに俺の顔を覗き込む二人に、俺は精一杯の笑顔で「大成功だ」と答えてから、グラッサにその魔石を手渡す。

グラッサは俺に負けない満面の笑みでそれを受け取ると、ニッカの腕を引っ張って俺から離れたところで何か内緒話を始めた。

「なんだよ、おい」

俺が首を捻っていると、話を終えた二人が俺の前に戻ってきた。

「トーア、お願いがあるんだけど」

「なんだよ。お願いって」

「この魔石を使って、もう一個同じペンダントを作れないかな？」

「私からもお願いします！」

差し出された魔石を受け取りながら、俺は当然の疑問を口にする。

「予備でも欲しいってのか？」

「違うんです」

しかし俺の言葉は即座に否定された。

「あたしたちのじゃないよ。それはね、チェキにプレゼントしてあげて欲しいなって」

なるほど、そういうことか。

俺はグラッサに言われるまでそのことに気が付かなかった。

二人と同じく、チェキも彼女の力を知った者によってその身を狙われる可能性が高い。

だから自分たちと同じように、もしもの時俺にＳＯＳが届くこのペンダントを彼女にも作ってほしいと言っているのだ。

「二人ともそんなにチェキのことが心配だったんだな。そういうことなら任せとけ！」

俺は優しい二人の願いをすぐに叶えることにして――

「よし、善は急げ、今すぐ取りかかればチェキたちが帰ってくるまでに完成出来るはずだ！　二人も手伝ってくれよな」

部屋に備え付けられていた机の上に工具を並べていく。

「う、うん」

「……なんだかちょっと違う気がするけど……」

そんな俺の背中を微妙な表情で二人が見ていることに気付くことはなかった。

数日後。


俺たちはドワーフ王国の正門前で、数台の馬車と共に最後の点検を行っていた。

この門から出た先には、ティーニック山脈を貫く大トンネルへ繋がる道がある。

大陸の北部と南部を繋ぐそのトンネルは、ドワーフたちが自分たちの国を作るために長い年月をかけて作り上げたものだ。

作られた当時は、色々と他種族との問題に発展することもあったが、今では種族問わず誰でも通行可能となっている。安全な航路が確立された昨今でも、馬車を利用して交易をする商人や冒険者たちが大勢行き来しており、大陸の大動脈の一つとなっていた。

俺とニッカ、グラッサ、そしてチェキの四人はこれから、その大動脈を通って大陸北部のヴォルガ帝国に向かう予定だ。

「家族で行商してた頃、あたし通ったことあるんだよね」

「怖くなかった？」

「全然怖くなかったよ。だってトンネルの中っていってもそんなに暗くないし、冒険者とか商隊の護衛とか強い人もいっぱい通ってるから、賊とか魔物も悪さ出来ないしね」

グラッサの言うとおり、トンネルの中の治安はすこぶるいいと聞いていた。

「そもそも賊とか魔物とかが棲《す》み着けるようなところもないからね」

「チェキもあのトンネルを通ってきたんだったよね。いいなぁ」

もちろん、俺自身もそのトンネルを通ったことはない。

なぜなら辺境砦の位置は、大陸西にあるトンネルの出入口から遙かに東の真反対に存在しているためである。

「しかし辺境砦に向かうつもりが、正反対のドワーフ王国に来ちまうなんてな」

最初の予定ではロッホから更に北上して、更に東にあるニッカたちの村に立ち寄ってから辺境砦へ向かうはずだったのに。

今ではそれよりも更に先にある、ヴォルガ帝国へ向かうことになってしまった。

「かといって今更ヴォルガ帝国に行かずに辺境砦に向かうなんて選択肢は俺たちにはないしな」

三人娘がトンネルの話で盛り上がっているのを横目に、俺は荷物の最終チェックを進める。

一度ここを出れば、次に戻ってこられるのはいつになるかわからない。

「一緒に行けなくてすまんな」

そんな俺の背にもう一人の仲間の声がかかる。

ドワーフ王から獣人族の長へ向けての親書を受け取りに、王城へ出かけていたヴェッツオだ。

「あの国はここより安全らしいし、魔王も俺が思っていたよりいい奴っぽいから心配しなくていいさ。それよりも」

「ああ。もうすぐお前の兄が手配した馬車で妹が帰ってくる。それを出迎えねばならないのだ」

一昨日、ヴェッツオの仲間のルソミラという女獣人が、俺の兄からそう連絡があったことを伝えにドワーフ王国までやってきたのである。

そしてヴェッツオは妹を出迎えるために、彼女と共に獣の森へ帰ることになっていた。

「気にしなくていいさ。それにヴェッツオにはアレを兄の馬車まで運んでもらわないといけないしな」

「あまりに五月蠅《うるさ》いと途中で殺してしまうかもしれないが」

俺たち二人の視線の先に転がっているのは、雪だるまのような土団子だった。

その中身は言わずもがな、ラックラである。

奴はこれからヴェッツオの手によって獣の森に運ばれ、そこから兄の手配した馬車によって王都まで運ばれ罪を償うことになる。

「殺したら逆に、奴を救うことになるよ」

妹を攫い、奴隷として売りさばいたラックラを許せない気持ちはわかる。

だが奴にとって、死は救いになってしまう。

それよりも身動きが全く出来ない土団子の状態で、王都まで一月以上もかけて運ばれる方が罰として相応しい。

「生かさず殺さず苦しめてやってくれ」

「善処しよう」

土団子を睨みながらヴェッツオはそう返事をする。

道中、彼が我慢出来なくなって私刑を執行したとしても、俺にはそれを咎《とが》める気はない。それだけのことをラックラはしてきたのだから。

「ヴェッツオ！　準備出来たってさ」

土団子の横に駐まっていた馬車の陰から、ルソミラが顔を出しヴェッツオを呼ぶ。

彼らは俺たちより先に昨日出発する予定だったのだが、親書の完成が遅れたために同じ日に出発することになっていた。

「今行く」

ヴェッツオはルソミラに返事をすると、俺に向き直る。

「いつか全てが解決したら、俺たちの村に来てくれ。歓迎する」

「そのときはちゃんと迎えに来てくれよ。もう奇襲されるのはこりごりだからな」

「お前が俺たちの奇襲ごときで倒せるとは思えんがな」

ヴェッツオは凶悪な牙を覗かせて笑うと、別れは済んだとばかりに俺に背を向ける。

そしてルソミラの待つ馬車に、ラックラの土団子と共に乗り込み王国を旅立っていった。

それからしばらくして、話が一段落したらしき三人娘が俺の元へやってくる。

「あれ、ヴェッツオさんは？」

「さっきまでここにいたよね」

「トーアさんと何かお話ししてましたよね？」

ヴェッツオがいないことに気が付いて、辺りを見回す三人娘。

だが既に、ヴェッツオの馬車は門を出ていってしまっている以上、どれだけ探しても無駄である。

「そういえばあいつ、三人には挨拶《あいさつ》もせず帰ってったな」

「えええっ」

「帰ったって……まさか獣の森にですか！」

「ボク、まだきちんとお礼も出来てなかったのに」

がっくりと肩を落とす三人の姿は、俺の罪悪感を刺激する。

だが俺としては、それなりにいい感じの別れ方をしてしまったからには、今更追いかけていってもう一度お別れイベントをやり直すのはかなりきつい。

しかしこのままでは、ヴォルガ帝国へ向かう間、俺が三人の愚痴《ぐち》を延々と聞かされる役になりかねない。

「それじゃあ、俺たちだけでも先に出発してヴェッツオたちを追いかけるか。今ならまだ大トンネルの本道までに追いつけるかもしれないし」

通常の馬車の速度では追いつけないが、俺が魔法でサポートすればギリギリ間に合うはずだ。

「ドワーフの人たちには、途中の休憩所で合流すると言っておけば大丈夫だろ」

ヴォルガ帝国方面に向かって最初の休憩所はそれほど遠くない場所にあると聞いている。

どうせトンネルは一本道だし、だったら先にそこに向かって待っていればいい。

「お願い出来ますか？」

ニッカが上目遣いで尋ねてくる。

その後ろでは、グラッサとチェキが期待に目を光らせて俺の返事を待っていた。

「もちろん。俺に任せろ！」

「良かったぁ」

「トーアがそう言うなら大丈夫だね」

「じゃあ、ドワーフさんたちにそのことを伝えてきます」

三人は笑顔で答えると、出発の準備を終わらせるために急いで駆け出そうとした。

しかしそれは王城から必死な表情で走ってきたドワーフによって中止せざるをえなくなってしまった。

「た、大変です！　トーア様。至急、王の元へお越しください」

「そんなに慌ててどうしたんだ？」

「大変なことが起こりましたっ」

酸欠で倒れそうになりながらも、ドワーフは俺たちに向かって信じられない言葉を放った。

「ヴォルガ帝国の皇帝が……崩御なされたとの急報が届いたのですっ！」

待望のコミカライズ！
1～10巻発売中！

魔王討伐を果たした魔法剣士カイル。自身も深手を負い、意識を失う寸前だったが、祭壇に祀られた真紅の宝石を手にとった瞬間、光に包まれる。やがて目覚めると、そこは一年前に滅んだはずの故郷だった。

漫画：三浦純
各定価：748円（10％税込）

各定価：1320円（10％税込）
illustration：布施龍太
1～10巻好評発売中!

アルファポリスHPにて大好評連載中!

アルファポリス 漫画　検索

『作業厨』。それは、常人では理解できない膨大な時間をかけて、レベル上げや、装備の制作を行う人間のことを指す――ゲーム配信者界隈で『作業厨』と呼ばれていた、中山《なかやま》祐輔《ゆうすけ》。突然の死を迎えた彼が転生先として選んだ種族は、不老不死の半神《デミゴッド》。無限の時間とレインという新たな名を得た彼は、とりあえずレベルを10000まで上げてみることに。シルバーウルフの親子や剣術が好きすぎて剣そのものになったダンジョンマスターなど、個性豊かな仲間たちと出会いつつ、やっと目標を達成した時には、なんと三百年も経っていたのだった!

◉定価:1320円(10%税込) ISBN 978-4-434-31742-2 ◉illustration:ox

魔法が衰退し、魔導具の補助なしでは扱えない世界。公爵家の第二夫人の子――美少年フィルズは、モノ作りを楽しむ日々を送っていた。
前世での彼の趣味は、パズルやプラモデル、プログラミング。今世もその工作趣味を生かして、自作魔導具をコツコツ発明!　公爵家内では冷遇され続けるもまったく気にせず、凄腕冒険者として稼ぎながら、自分の趣味を充実させていく。そんな中、神々に呼び出された彼は、地球の知識を異世界に広めるというちょっとめんどくさい使命を与えられ――?
魔法を使った電波時計!　イースト菌からパン作り!　凝り性少年フィルズが、趣味を極めて異世界を改革する!

◉各定価:1320円(10%税込)　◉Illustration:星らすく

1~3巻好評発売中!

可愛いけど最強？

KAWAII KEDO SAIKYOU?

異世界でもふもふ友達と大冒険！

著 ありぽん

「愛され力」最強幼児、現る！

もふもふ達に見守られて のびのび 暮らしてます！

部屋で眠りについたのに、見知らぬ森の中で目覚めたレン。しかも中学生だったはずの体は、二歳児のものになっていた！　白い虎の魔獣——スノーラに拾われた彼は、たまたま助けた青い小鳥と一緒に、三人で森で暮らし始める。レンは森のもふもふ魔獣達ともお友達になって、森での生活を満喫していた。そんなある日、スノーラの提案で、三人はとある街の領主家へ引っ越すことになる。初めて街に足を踏み入れたレンを待っていたのは……異世界らしさ満載の光景だった!?

◉定価：1320円（10%税込）　ISBN 978-4-434-31644-9　◉illustration：中林ずん

この作品に対する皆様のご意見・ご感想をお待ちしております。

おハガキ・お手紙は以下の宛先にお送りください。

【宛先】

〒150-6008 東京都渋谷区恵比寿4-20-3 恵比寿ｶﾞｰﾃﾞﾝﾌﾟﾚｲｽﾀﾜｰ 8F
（株）アルファポリス　書籍感想係

メールフォームでのご意見・ご感想は右のＱＲコードから、
あるいは以下のワードで検索をかけてください。

アルファポリス　書籍の感想　検索

ご感想はこちらから

本書はWebサイト「アルファポリス」（https://www.alphapolis.co.jp/）に投稿されたものを、改題、改稿、加筆のうえ、書籍化したものです。

放逐《ほうちく》された転生《てんせい》貴《き》族《ぞく》は、自由《じゆう》にやらせてもらいます 2

長尾隆生（ながおたかお）

2023年 4月 30日初版発行

編集－村上達哉・芦田尚
編集長－太田鉄平
発行者－梶本雄介
発行所－株式会社アルファポリス
〒150-6008 東京都渋谷区恵比寿4-20-3 恵比寿ｶﾞｰﾃﾞﾝﾌﾟﾚｲｽﾀﾜｰ8F
TEL 03-6277-1601（営業）　03-6277-1602（編集）
URL https://www.alphapolis.co.jp/
発売元－株式会社星雲社（共同出版社・流通責任出版社）
〒112-0005 東京都文京区水道1-3-30
TEL 03-3868-3275
装丁・本文イラストーﾖﾖｷﾞ（https://yo2gi.tumblr.com/）
装丁デザイン－AFTERGLOW
印刷－図書印刷株式会社

価格はカバーに表示されてあります。

落丁乱丁の場合はアルファポリスまでご連絡ください。

送料は小社負担でお取り替えします。


ISBN978-4-434-31928-0 C0093